回る回る運命の輪回る
－僕と新米運命工作員－
波乃 歌
UTA NAMINO
Illustration pun2

Report#01: 深夜の襲撃者
……ど、どうしよう？
Kohei Nojima
野島浩平
お菓子作りが得意なこと以外は、容姿・学業・運動ともに平均よりちょっと下くらいのどこにでもいる高校生、だったはずが……？

なんで……
なんで、当たらないですか。
Noah
ノア
《ソサエティ》の新人工作員。特技は射撃・格闘技ほか工作活動全般。浩平に銃を向けるが、その目的は――。

AM07:30 春野ちはる邸にて潜伏用準備
いえいえ、どういたしまして。
春野ちはる、ありがとうです。
Chiharu Haruno
春野ちはる
浩平のお隣さんで幼なじみ。いつもはやや引っ込み思案でおどおどしているが、困った人を見ると助けずにはいられない性格。

AM10:50　文研部室にて調査活動
あ、こーへーちゃん。
Report#02:工作員ノアの《イレギュラ》監視記録
なにって観察に決まってるじゃないですか。
なにやってんの？
PM12:30　校舎屋上にて監視業務

Report#03: 好きですか?

ノア、こーへーのこと好きです。
こーへーはノアのこと好きですか？

Contents

Designed by
AFTERGLOW

回る回る運命の輪回る

―僕と新米運命工作員―

波乃歌
UTA NAMINO

Illustration pun2

第一章　イレギュラ

バッティングのときはボールから絶対に目を離すなという先生のアドバイスを守ってしっかりとボールを見つめていたら火花が散って、気がついたら保健室のベッドの上だった。

窓の外にはイヤミなほどにぴかぴかの、九月の晴れた空が見えた。

「あー……」

自分の運動神経のなさに今度こそ愛想を尽《つ》かしそうになりながら、恐る恐る身体《からだ》を起こすと、とたんに頭がふらふらして、ソフトボールの直撃《ちょくげき》を食らった鼻がずきっと痛んだ。おまけにTシャツの胸に飛び散った鼻血の痕《あと》が目に入って、また気分が悪くなる。

「起きた？」

気配を察したのかカーテンがさっと開いて、麻奈美《まなみ》先生が顔を出した。

自称『保健室のアイドル』、白鳥《しらとり》麻奈美先生。自称するだけあって、ぱっちり大きな目と整った顔立ちはホントにアイドル並み。おまけに白衣の上からでもはっきりわかる抜群《ばつぐん》のボディラインの持ち主で、先輩《せんぱい》に聞くと、麻奈美先生が赴任の挨拶《あいさつ》をしたときには男子生徒のどよめきで体育館の屋根が揺《ゆ》れたらしい。

が、『保健室のアイドル』という呼び方が他称ではなく、自称にとどまっているのには、ちゃんとした理由があった。

「それにしても野島《のじま》、お前いったい、何度目だよ」

麻奈美《まなみ》先生は男みたいな口調でそう言って、大口を開けて、がはは、と笑った。お前ぐらい運動神経ないやつも珍《めずら》しい、特別天然記念物並みだ、ソフトボール顔面キャッチなんてマンガだけかと思ってた、ああダセえダセえ、とデリケートな少年の心に突き刺さるようなことを次々に口にしたあと、

「入学してから保健室に担《かつ》ぎ込まれてくるの、四回目か？　いやあ、でも今回はびっくりしたわ。昼寝してたらいきなり顔面血まみれで運ばれてくんだもんさあ。とりあえず鼻にティッシュ突っ込んどいたんだけど」

と続けた。

正確に言うと四回目じゃなくて五回目だ。夏休みの水泳の補習で溺《おぼ》れたのが三回目で、体育祭の練習で組体操のタワーの上から落ちたのが四回目。ティッシュだけじゃなくてもうちょっと治療《ちりょう》とかしようよ、と言いたいところだったが、とりあえず、ありがとうございました、と無難にお礼を言っておく。変に機嫌でも損《そこ》ねようものなら後が怖い。なにしろ、噂《うわさ》によると剣道三段柔道四段空手道合気道銃剣道《じゅうけんどう》もろもろ合わせて十九段、下心丸出しで一手御教授と乱

取りを挑《いど》んだ元国体選手の柔道部顧問《こもん》は、得意の寝技に持ち込む前に立ったまま関節を極《きわ》められてあっという間に両肩を外されたらしい。

「まあ、あんだけグーグーいびきかいて寝てられたら大丈夫だろ」

いびきって……。

脳梗塞《のうこうそく》になったとき、そうなるっていうよな？　それって、やばいんじゃないでしょうか？　持ち前のマイナス思考と心配性を発揮しつつそんなことを思いながら麻奈美先生が体温計で示した時計を見て、僕は自分の目を疑った。

午後一時十五分。

ごごいちじじゅうごふん？

体育の授業って二時間目だったよな？

「まあ、ざっと三時間か」

三時間？　三時間も気ィ失ってたの？

「気分悪くないか？　どっか変な感じするか？」

ようやく保健の先生らしいことを言った麻奈美先生が僕の顔をのぞきこむ。ソフトボールの直撃を食らった鼻は痛いが我慢《がまん》できないほどじゃない。でも、大丈夫です、と答えてベッドから降りようとしたそのとき、身体がぐらっと傾《かたむ》いた。どうやら自分で思ってるほど大丈夫じゃなかったらしく、おまけに床までの距離を見誤って、足が宙を踏んだ。

転ぶ!

衝撃《しょうげき》に備えて思わず目を閉じた僕の顔を、エアバッグのような柔らかいものが包み込んだ。

いい香りと、頬《ほ》っぺたと右手にむにゅっとした感触。

目を開けると目の前には先生の白衣があって、見上げると細い首ときれいな顎《あご》のラインが見えた。

ああ、先生が抱きとめてくれたんだ。さすが僕より全然運動神経いいな……。

そしてほっとすると同時に、心臓が大きく一拍、ばくん、と音を立て、脈拍が一気に跳ね上がった。

頬っぺたにはまだ大きくて柔らかいものが押し付けられている。マシュマロをデカくしたような、シフォンケーキの枕《まくら》のような、本当にむにゅむにゅの柔らかいクッション。先生にすがりついている右の手のひらにも、これまたむにゅむにゅ。

もしかして、これって……? と思ってあわてて手を離そうとした瞬間《しゅんかん》に、それはやってきた。

猛烈《もうれつ》な痛みだった。

ナイフで脳みそを直接刺されてそれをぐりぐり回されたみたいな激痛。あまりの痛みに目の前の景色が歪《ゆが》んで見える。でも、カーテンもロッカーも天井も歪《ゆが》んでいるけど、先生の顔だけは妙《みょう》にはっきりしてる。長い睫毛《まつげ》がゆっくり降りてきて、また上がる。グロスを塗ったつやつ

やの唇がじれったいぐらいの速度で動いている。先生は、

――「もう満足か？」先生の声。手には柔らかい感触。「お、お前、女のおっぱい触ったの、初めてか？　どうだ、柔らけえだろ」「そうかそうか、野島《のじま》のおっぱい童貞を奪ってしまったか。ただな、これでお前がおっぱいに目覚めても責任は取りかねるからな」それから僕の手を握り締める。「教師と生徒の肉体関係はいけないわ、野島くん？　ね、わかるでしょ？」わざとらしい芝居がかった口調――


「もう満足か？」

降ってきた先生の声に、はっとして顔を上げた。先生はにやにやしたまま、じっと僕を見つめていた。

「……あれ？」

世界はもう、元に戻っていた。カーテンはゆるく波打って、ロッカーはぴしりと真《ま》っ直《す》ぐ並び、無機質な天井には蛍光灯《けいこうとう》が白く光る。あれほど激しかった痛みもきれいさっぱり消えていた。

「野島じゃなかったら関節のひとつかふたつ外してるところだが、お前にゃわざとできるぐれえの運動神経、ねえしな。まあ勘弁《かんべん》してやろう」

先生はさも愉快そうに、大きな口を開けて豪快に笑った。

「お、お前、女のおっぱい触ったの、初めてか？　どうだ、柔らけえだろ」

まだ自分が先生にしがみつきっ放しだったことに気がついて、僕はあわてて身体を離した。

先生は面白《おもしろ》がるような表情で僕の顔をのぞき込んで、言った。

「そうかそうか、野島《のじま》のおっぱい童貞を奪ってしまったか。ただな、これでお前がおっぱいに目覚めても責任は取りかねるからな」

それからどういうわけだか先生は僕の手を握って、自分の胸の前に近づけた。にやにや笑いを消して、芝居がかった調子で言う。

「教師と生徒の肉体関係はいけないわ、野島くん？　ね、わかるでしょ？」

……なんだ、これ？　全部、知ってる。二回目だ。先生の言葉も一言一句同じなら、握った柔らかい手の感触も同じ。

編集ミスで同じ場面のフィルムを続けて繋《つな》いでしまった映画を見ているみたいな変な感じ。デジャヴとは似てるけどまたちがう。知っているような気がする、じゃなくて、確実に知ってる。つい直前に、見た。聞いた。感じた。

……幻覚《げんかく》？

「おい、お前ホントに大丈夫か？」

ぽかんとしている僕の表情になにかを感じたのか、先生が少し真面目《まじめ》な表情になった。ポケットからペンライトを出して、無理やり開いた僕の目の中を照らす。その眩《まぶ》しさに、一瞬《いっしゅん》頭痛が蘇《よみがえ》ってきそうな予感がしたが、大丈夫だった。

うーん……、と先生は釈然としない顔をしていたが、

「今日はもう帰れ。担任には言っとくから。もしかしたら倒れたときに頭打ったかもしれねぇから、具合悪くなりそうだったら病院行けよ」と言った。

具合悪くなりそうってどういうタイミングだよ、と思わないでもなかったが、僕は再び無難に、はい、と返事をしておく。

「じゃ、教室戻って荷物取って……」

「あ、さっき、持って来てくれてたぞ」

保健室の隅《すみ》のパイプ椅子《いす》の上に、僕の鞄《かばん》と、それから制服がやたらと几帳面《きちょうめん》に畳《たた》んで置いてあった。持ってきてくれたのは、たぶんちはるだろう。この丁寧《ていねい》な畳み方はまちがいない。

じゃあ、と立ち上がりかけた僕に先生は、それから、とまた猫なで声で言った。

「さっき、野島くんが私のおっぱいを揉《も》みしだいたことは、二人だけの秘密ね？」

先生の言葉に、僕は顔が真っ赤になるのを自覚しつつ、逃げるように保健室を後にした。

「ああ……、ひどい目にあった……」

全然ひどい目じゃねぇじゃねぇか、うらやましい、そんなことを言う人は、麻奈美《まなみ》先生という人のことを知らない。またこれからしばらくは、さっきのことをネタにして散々におちょく

られるだろう。

「かといって、保健室と縁《えん》が切れるなんてことはないだろうしなあ……」

サボって早退するわけじゃなく、麻奈美《まなみ》先生の許可はもらってあるから堂々としてていいのだけども、なんとなく後ろめたい気分でこそこそと校舎を抜ける。

校門を出て、ほっと一息ついたとき、一瞬《いっしゅん》、迷った。

左に行ってバス停に向かい、バスに乗るか、それとも右に行って国道沿いを歩いて帰るか。あるいは大回りして、国道の先の駅まで行って、電車に乗るか。

これは僕の良くないクセみたいなものなんだけど、毎日毎日、同じ道を通って帰るのは、どうも苦手。できれば毎日、その日の気分で違う道を通って、違う景色を眺《なが》めながら通学したい。

友達の里見《さとみ》なんかには、「なんでそんな面倒くせえことしてんだ」って笑われるけど、僕はバスも電車も定期を買わないで、いつも回数券を使っている。

「どっちかなあ……」

僕は、まだみんなが授業を受けているはずの校舎の向こうに広がる青い空を見上げた。

せっかくの高校初早退だからちょっとぶらぶらしたりしたいとこではあるけれど、身体の調子がちょっと不安だ。ここはおとなしく、一番早く帰れるバスにしようか。

そう思って、左に一歩、足を踏み出したときだった。

一瞬、太陽を直視してしまったせいか、頭の奥のほうで、また鋭い痛みが蘇《よみがえ》って、

──歩いている。風が頬《ほお》に当たる。バス停のベンチが見える。バスが脇《わき》を追い抜く。行き先表示は「友《とも》が丘団地《おかだんち》」。僕の自宅方向のバス。僕はあわてて走り出して──

気がつくと呆然《ぼうぜん》としたまま、校門の前で立ち尽くしていた。足元を眺めると、青いアディダスのスニーカーが、一歩前に出たそのままの形で、静止していた。

ホント、なんなんだよ？

僕は寒気のようなものを覚えて体を震わせた。

僕はちょっとだけ苦労して、そろそろと足を引っ込めてから、今度は右に踏み出した。

さっき保健室で感じたような変な感じを味わうのは、なんだか気持ち悪い。やっぱり、今日は歩いて帰ろう。天気もいいし、そうそう、読みたい新刊が出てる頃だから遠回りして本屋に寄ってもいいかもしれない。

そしたらこの、妙《みょう》な気分もさっぱりするだろう。

そう思って歩き出した僕の横を、バスが走り抜けて行った。行き先の表示板に光る「友が丘団地」行きの文字から目を背け、なにも見なかったフリをした僕はこのとき、自分が重大な、本当に重大な選択をしてしまったことに、まだ気がついていなかった。

僕の通っている県立霧ノ内《けんりつきりのうち》高校は市の中心部からずいぶん外れた場所にある。といっても僕が歩いているのはコンビニやファストフード店、あるいは雑居ビルやマンションが並んでいる大きな幹線道路だから、全然さびれた感じではない。国道は朝の通学のときは車もバイクもびゅんびゅん通っているのだが、しかし午後のこの時間の交通量はほとんどなかった。

「昼間はここも、静かだなあ……」

地味といわれても仕方ないが、僕はこうやってぶらぶら歩いてる時間が好きだ。もちろん本を読んでる時間も音楽聴《き》いてる時間も好きだけど、歩きながらぼんやり考え事をしているのは一番贅沢《ぜいたく》している気がする。だから毎日、色んな道を通って通学しているわけだけど、ただ、今日はなんだか変な感じだった。ときおり思い出したように鼻がずきずき痛むのも気になったし、なによりもさっきの幻覚《げんかく》。僕が見た通りのことを麻奈美《まなみ》先生が口にして、見た通りのバスが通って行って……。

いやいや、たぶん、気のせいだ。と、無理やり自分を納得《なっとく》させようとしたとき、唐突《とうとつ》にさっきから感じている違和感が、妙《みょう》な幻覚のせいだけじゃないことに気付いた。

人が少ない。

っていうか、いない。

学校を出てから、誰にもすれちがっていない。

いくら人が少ない時間っていっても、これは少なすぎないか？　なによりも、車道にも一台のバイクや車も走っていないなんて、そんなこと、ある？

宇宙人に支配された街。

古臭《ふるくさ》いSF的イメージが頭に浮かんで、でも笑ってしまうよりも、本当にぞっとした。だから道路の反対側に、その女の子を見つけたときはちょっとだけ安心した。

僕よりひとつふたつ、年下だろうか。透けるように色が白くて、やたらとくっきりした目鼻立ち。小柄《こがら》だけど手足も細く長くて、なんというかお人形さんみたい。あまり感情を感じさせない冷たい顔をしているところも、まさに陶器《とうき》で出来た西洋の人形っていう感じだ。日本人じゃないのかな、あの整い方は。ちょっと、というか、かなりの美少女。今は澄《す》ました顔してるけど、笑うともっと可愛《かわい》いんだろうなあ。

肩の辺りまで下ろしたストレートの黒髪が風でふわっと舞い上がり、耳元のピアスが光った。やっぱり外人さんって、中学生ぐらいでもピアスとかするんだなあ。淡いグリーンのワンピースがすごくよく似合っていて、女の子の歩いているところだけ、通学路の風景ではなく、映画のスクリーンの中の一場面みたいだった。

彼女はきびきびした足取りで、コンビニから出てくるところだった。

僕が思わず足を止めて、ぼへーっと見とれていると、その子は片手に提《さ》げたバッグからなにか小さくて黒いものを取り出した。

携帯《けいたい》だ。真っ黒で少々分厚い。あんまり可愛《かわい》いとは言えない代物《しろもの》だったけど、僕はデコデコでキラキラなのがあまり好きではなかったから、さらに女の子に対する好感度がアップした。

きりっと前を向いたまま手元も見ないで親指でボタンを押し、耳に当てる。誰かに電話してるんだ。友達かな、家族かな。もしかして彼氏？　やっぱりあんなに美人だと、きっとモテるんだろうな。あんな女の子と付き合えるなんて、やっぱりイケメンなんだろうなあ。いいなあ。

僕がそんなくだらないことを考えていた、そのときだった。

どん、と腹に響《ひび》く鈍い音がして、一瞬《いっしゅん》の間を置いて、体中がびりびりと震えた。

「……な、なんだあ……？」

女の子の後ろ十五メートルのところで、まさにたった今、彼女が出てきたコンビニが、破裂、破裂した。

それは、破裂、としかいいようがなかった。

店の内側からぐっと膨《ふく》らんだガラスが砕けて飛び散り、それを追いかけるように黒煙と炎が噴《ふ》き出す。「24h7day」と書かれた緑とオレンジのラインが入った看板が二つに割れて落下する。爆風《ばくふう》で吹き飛ばされた雑誌が燃えながら宙を舞う。ついさっきまでコンビニだったものはあっという間に原形を失い、炎に嘗《な》め尽くされて、焼け焦《こ》げた柱と鉄骨だけの残骸《ざんがい》になり

つつあった。道路を隔《へだ》てたこちら側にも熱風が吹き寄せる。なにかビニールを燃やしたような不快な臭《にお》いが鼻をつく。その臭いを嗅《か》いでいると、また頭の深いところがずきずきと痛み出す。ドラムロールのように、最初は小さく静かに、それがやがて、大きく、大きく、大きく、

――女の子が振り向く。目が見開かれる。バッグに手を差し入れる。鈍く光る黒いものをつかみ出す。黒い丸がこちらを向く。下がる。再び上がる。破裂音。僕の後ろの街路樹が弾《はじ》ける。破裂音。鋭い衝撃《しようげき》。太ももに穴が穿《うが》たれる。血が噴き出す。目の前が暗くなる。女の子が近づく――

身体にGを感じた。前からではなく、後ろから重力が加わる。全力で走っているときに、突然襟首《えりくび》をつかまれて引っ張り戻されたような、周りの世界に追い抜かれていくような感じ。

その不思議な感覚の中で、僕の視線の先には女の子がいた。すぐ後ろであれだけの爆発があったのに、振り向きもせず、すたすたと歩いていく。

と、女の子が足を止めて、急にこちらを振り返った。

最初はきょとんとした顔。そして次第に、その目が大きく見開かれる。その目にあったのは、驚きの色。やがてそれが、狼狽《ろうばい》から迷い、決断へと変わる。細くて華奢《きやしや》な手がバッグの中へと伸びて、なにかをつかみ出す。

それはよく知っている代物《しろもの》だった。ごっつい黒のボディから、にゅうっと長い筒が伸びている。実物を見るのはもちろん初めて。テレビや映画やゲームでお馴染《なじ》みのあれ。

女の子が握っていたのは、拳銃《けんじゅう》だった。

(そう、それを僕のほうに向けるんだ。でも、一度、下げて、手元をいじる……)

僕は細くて白い手に不似合いな銃を持った女の子を見ながら、ぼんやりと思った。

また始まっている。

さっき見た景色が、もう一度目の前で繰り返されている。

拳銃がゆっくり持ち上がる。ぴたりと止まる。銃口がちょうど黒い丸に見えるのは、真《ま》っ直《す》ぐに僕のほうを向いているからだ。

と、女の子の顔に焦《あせ》ったような色が浮かぶ。拳銃が一旦《いったん》下げられる。

(……ああ、そっか、あれ、安全装置ってやつだな。きっと掛かったままになってたんだ。だから引き金が引けなかったんだ。映画とかではよく見るけど、やっぱり本当に安全装置って、あるんだなあ。そうそう、ああやって外して、そうしたら、そうしたら、そうしたら……)

「!」

ぼんやりと夢の中のように思考を漂《ただよ》わせていた僕を正気と現実に引っ張り戻したのは、ぱん、という軽い破裂音と、僕の後ろから聞こえた、街路樹の幹が砕ける音だった。

僕はほとんど反射的に、わずかばかりの運動神経を振り絞《しぼ》って、夏の間にたっぷりの光を吸い込んでわさわさと茂《しげ》り放題に茂った植え込みの中に飛び込んだ。枝や葉っぱにあちこちひっかかれたけど、構ってる場合じゃない。

再び樹の幹が砕ける音が聞こえた。二回、三回と同じ音がしたんだと思うが定かではない。ようやく茂みの中から抜け出した僕は、とにかく必死でその場から逃げ出していたからだ。

◎

◎

◎

ベッドの上で目を覚ますとそこは保健室だった。

というようなことはなくて、やはり目を閉じたときと同じ、僕の部屋だった。眠るつもりは全然なくて、熱くなった頭とばくばく鳴り続ける心臓をなだめるために横になったのだけど、いつの間にか眠ってしまったらしい。

どういう神経だよ、と我ながら思うが、少しでも眠ったことで冷静になったのは確かだ。

横になったまま、さっきまでの出来事を思い出してみる。

ソフトボールが顔に当たって、保健室で目が覚めて、変な映像が見えて、早退して、コンビニが爆発《ばくはつ》して、女の子に銃を向けられて、また変な映像が見えて、撃たれて……、撃たれた？

さて、ちょっとここで整理して考えてみましょう。これは、一体なんなのでしょうか？

①現実だった。
②夢だった。
③妄想《もうそう》だった。
④とてもよく出来た3D映画だった。

②か③か④と答えたいところだけど、鼻の奥に残る爆発の臭《にお》いや、あちこちの擦《す》り傷や、壁に掛かっている、まだ植え込みの葉っぱがついている制服が、「野島《のじま》くん、こっち、こっち！」と声高に正解を主張している。

じゃあ……、①？　ホントに？　ファイナルアンサー？

そう、実はあの女の子は政府転覆《てんぷく》を企《たくら》むテロ組織の一員で、あのコンビニは敵対する組織が隠れ蓑《みの》にしている世を忍ぶ仮のアジトで、その襲撃《しゅうげき》現場を目撃してしまったどんくさい高校生は、目撃者は消せってことで撃たれたのであった……。

ってバカバカしい。

精一杯理性的に考えようとしても、出てくるのはいくら好意的にみても現実味の薄い、中学生の妄想のような、マンガかアニメのような話だけ。

それに、僕の頭に浮かんだ変な映像。あの映像を見てなかったら、僕の身体は絶対に動かなくて、今頃、銃《じゅう》で撃たれて死んでいたかもしれない。

……予知能力？

「まさかあ！」

自分で自分の思考回路に突っ込みを入れても、ひとりの部屋ではむなしい。

とりあえず、混乱した頭を静めようとテレビをつけた。ちょうど夕方だったから、さっきのコンビニの爆発《ばくはつ》もニュースでやっているかもしれない。

そう思ってNHKからケーブルテレビまでチャンネルを変えてみたけど、どこの局も、野党の代議士が自殺した事件と、プロ野球選手とグラビアアイドルの不倫《ふりん》の話題、ちょっと気になったのは最近発生していた連続通り魔事件の犯人が近くで逮捕《たいほ》されたというニュースだったけど、しかしコンビニの爆発なんていう話題はひとつも出ていない。

「やっぱ、夢だった……？」

もしかしてソフトボールの顔面直撃で脳みそがちょっとおかしくなって、そんな突拍子もない幻覚《げんかく》を見たのかもしれない。もう一回、例えば突然机の引き出しから現れた美少女に「あなたは世界を救う勇者なのです！　力を貸して、浩平《こうへい》！」とか言われたら、そのときはホントに、病院に行くことを考えないといけない。

「……こーちゃん、起きてる？」

控えめなノックの音がして、さらに控えめな声がした。

ドアが細く開いて、ちはるの心配そうな顔がのぞいた。

「あの……、麻奈美《まなみ》先生に聞いたら、鼻血が止まらなくて、それで……、それで、早退したっていうから、あの……、大丈夫かと思って……」

小さな小さな声で言う。

「ああ……、大丈夫」

僕の無愛想な答えに、ちはるはちょっとだけほっとした顔になった。

「おなか減ってない……？　私、もしよかったら、なにか作ろうか……？　おかゆとか……。あ、でも先生が、柔らかいものは与えないように、って言ってたけど、どういう意味かな……？　顔赤いけど……、熱、ある？」

もちろん僕の顔が赤くなったのは伝染病だからでも熱があるからでもない。

「ボールが顔に当たったぐらいで熱は出ないだろ」

ごまかすつもりが、必要以上にぶっきらぼうな口調になってしまう。

ここ最近、ちはると話をするといっつもこうだ。ちはるとは保育園から高校までずっと同じで、家も向かいで顔を合わせない日のほうが珍《めずら》しい。外国を飛び回って過ごしている僕の両親から僕の面倒をよろしくねってことで家の鍵《かぎ》すら預かっている、兄妹のような、姉弟のような、幼馴染《おさなな じ》み以上の存在だから、昔はもっと気楽にしゃべれてたんだけど、高校に入ってからはなんだかちょっと、今までとちがう感じ。

そうだよね、ごめんね、とちはるがしょんぼりして謝って、そして、その後の沈黙《ちんもく》が深くなるのも、ここ最近のお決まりだ。昔だったら、心配してあげてるのに、とかなんとかすぐに言い返してきたのに。

決してちはるのことが嫌いなわけじゃない。そりゃもちろん、記憶にもない乳幼児の頃の髪の引っ張り合いに始まり、子供の頃のおもちゃの取り合い、どっちがぶったとかぶたれたとか悪口言ったとか意地悪したとか原因不明の口論とか、数限りなくケンカもしてきたが、こんなふうに妙《みょう》に気を遣いあう、白々しい空気になったことは一度もなかった。前は二人して黙って漫画《まんが》読んでても、ぜんぜん平気だったし、むしろ快適だったんだけど。

「……ところでさ、学校の近くで、爆発《ばくはつ》事故とかなかった？」

静寂《せいじゃく》を破りたくて、そんなことを聞いてみた。

「あ……、うん……。あれ？　なんで、知ってるの？」

ちはるは僕の問いに顔を上げて、ちょっと目を大きくした。

「あの、えっと……、そう！　消防車とか、救急車とか、あっちに走って行ったみたいだから」

自分がその場に居合わせたような気がするんだけどそれはもしかして妄想《もうそう》かもしれなくて、なんてことは到底言えず、適当な理由を並べた。

「で、なにがあったの？」

「あの……、コンビニでね、爆発があったみたい……。学校の帰りに見たけど、もう全部焼けて、柱が二本だけ残ってて……。また元通りにするときって、あの残った柱、使えるのかな……?」

なんだかずれた心配をするのが実にちはるっぽいけれど、でもとりあえず、コンビニが爆発《ばくはつ》したことは現実だったらしい。

「なにがあったんだろ?」

「なんだか、強盗の仕業みたい。ママに聞いた話だけど……」

ちはるのお母さんである奈々《なな》さんはご近所の情報通で、町内で起きたことなら犬猫の出産から夫婦喧嘩《げんか》まで、大抵のことは熟知している人だ。

「じゃあ、爆発したのは、確かなんだ……。あ、それから通り魔、捕まったんだって?」

僕が尋《たず》ねると、ちはるはこくっとうなずいた。

「うん……、駅前の、キッチンステーションで」

「あそこで?」

キッチンステーションなら知っている。僕もときどき行く台所用品の専門店で、ちょっと変わった調理道具が置いてあって、見ているだけでも楽しい。店長は口ひげを生やした具志堅用高《ぐしけんようこう》そっくりのおっさんで、見た目はやや怖いがとても親切だ。

「店長、夢を実現させたんだ」

キッチンステーションの店長はちょっと変わってて、いつか指名手配犯を逮捕《たいほ》するのが夢だと言っていつもカウンターの下に手配写真だの似顔絵だのをこっそり貼《は》っていたのだけど、でも、まさか、本当に通り魔がやってくるとは思ってもみなかっただろう。

坂崎《さきざか》代議士はこれまでにも歯に衣着《きぬき》せぬ発言で知られ……、と、代議士自殺の詳《くわ》しい話を続けるテレビのアナウンサーの声を聞きながら、世の中ではいろんなことが起きてるんだ……、としみじみ思った。あるところではグラビアアイドルと野球選手が不倫《ふりん》をして、あるところでは具志堅似のおっさんが通り魔を捕まえ、また別のところでは政治家が自殺している。そしてあるところではコンビニが爆発して、そこから出てきた女の子に殺されかけた白昼夢を見た高校生がいる。

僕がぼんやり考え込んでいるのを見て、なんだかちはるがそわそわしている。それから思い切ったように口を開く。

「そういえば……、さっき、駅の前でユウくん、見かけた」

その名前を聞いたとたん、心にずっしりと重いものが乗っかった。

「岩田《いわた》くん、どう、してた?」

「うん……」

自分で話を振っておいて、ちはるは口ごもる。もしかして、ちはるの心にも重いものが乗っていて、それを僕と分かち合いたかったのかもしれない。

「……髪の毛、金色になってた。なんかすごい派手な服着てて……、それからおんなじような感じの人たちといて……。なんだか、すごく怖い顔してた」

「本当に？」

「うん……。大きな音で音楽かけて、バイクに乗ってて……」

やっぱり本当だったのかあ、といっそう気持ちが沈んだ。

岩田《いわた》優《ゆう》くんは、僕とちはるの幼馴染《おさななじ》みだった。

昔は岩田くんの家もちはるの家の隣、つまり僕の家のはす向かいにあったから、学校に行くのも、帰ってから遊ぶのも、決まって三人一緒だった。小三のとき、岩田くんのお父さんがいなくなったときには、僕が岩田くんの右手を、ちはるが左手をぎゅっと握って、ただただ黙《だま》ってじっと座っていた。やがて岩田くんは市の真ん中のほうに引っ越して行ったが、卒業までは同じ小学校に通うことを特別に認められたおかげで僕たちの付き合いは続いていた。しばらくの間は。

〈黙ってないでなんとか言え！〉

記憶の中で怒声が蘇《よみがえ》る。

膝《ひざ》の上でぎゅっと拳《こぶし》を握り締めていたことに気がついて、ちはるに気付かれないように、そっと力を緩《ゆる》めた。

岩田くんと口をきくこともなくなり、通う中学も別々になってから、ちょこちょこと耳に入ってくる岩田くんの噂《うわさ》は、ロクでもないものばっかりだった。市内のガラの悪い仲間を集めてグループ作ってるとか、そのグループと老舗《しにせ》の暴走族が抗争中だとか、将来はやくざの幹部の椅子《いす》がすでに用意されているとか、そっち系の噂。最新の噂は、どうやら高校は中退して、本格的にチンピラ連中とつるみはじめたらしい、そんなやつだった。

どうしたんだろうね。ちはるはぽつんと呟《つぶや》いてから、僕の顔を見て、

「じゃ、じゃあ私、行くね！」

唐突《とうとつ》に、無理して作ったような明るい声で言って立ち上がった。あまりに勢いよく立ち上がったために、制服のチェックのスカートがまくれて真っ白な太ももがちらりと見える。なんだか見てはいけない気がして、僕はあわてて目を逸《そ》らした。なんだか、こういうのもやりにくいんだよなあ。

目立つタイプの美人ではないけど、小学生のころからクラスで誰が可愛《かわい》い？　っていえば少なくとも三番目までには必ず名前が挙がっていたちはるは、高校に入ってちょっとだけ大人っぽくなって、僕もクラスの連中に、なあ浩平《こうへい》、春野《はるの》さんと親しいの？　紹介してよ、なんて言われることもある。必ず丁重にお断りするようにしてるけど、こういうおとなしくて物静かで内気なタイプが好きな男は案外多いみたい。僕は自分が暗いほうだってわかってるから、もうちょっと明るい女の子がいいなって思う。

「あの……、ママが作ってくれたスープ、台所に置いといたから、もしよかったら、温めて食べてね？」

その顔があんまり無理して笑ってる感じだったから、

「冷蔵庫に昨日作ったティラミスあるから持って帰りな」

そう言ったら、ちはるは、今度は花が咲くみたいな笑顔でぱっと笑った。

「ありがとう！　こーちゃんのお菓子、ママも大好きなの！　やっぱ、才能って遺伝《いでん》するんだね！」

そう言って、ドアも閉めずにぱたぱたと足音を響かせて、ちはるは階段を下りていった。僕はその音を聞きながら、なんだかちょっとだけ、一瞬《いっしゅん》だけだけど、昔みたいに話せた気がしたな、そう思った。

⚙　⚙　⚙

スニーカーの紐《ひも》をきゅっと締めて、玄関を開けると涼《すず》しい風がひゅうっと入ってくる。僕はいつものようにその場で何度かジャンプして、ゆっくりと走り出す。

夜、こうやって走るのは、高校に入学してからの、誰も知らない僕の新しい習慣だ。さすがに今日ぐらいはやめようかなと思ったけど、鼻も頭も痛みは消えていたし、いろいろ考えたいことがあったからやっぱり走ることにした。

ちはるは才能って遺伝するっていうけど、それはどうかなあ。

僕の父さんは国体にも出たすごいハンドボールの選手だったらしい。縦にも横にも大きくて、よく「格闘技《かくとうぎ》関係の方ですか？」と聞かれることもあるが、その運動神経も体格も僕にはさっぱり受け継がれていない。ハンドボールのほうでは実業団からの誘いもあったらしいが、それをきっぱり断った十八歳の父さんは、なぜか製菓学校に進んで、今では有名なパティシエになった。だから僕がちょっとお菓子を作れるのは才能が遺伝したというよりも、単に子供の頃から見よう見まねでやってたってことのほうが大きいと思う。

その父さんの作るお菓子の大ファンで、追っかけをやっているうちに結婚までしてしまった母さんのほうは、特にスポーツやってたって話は聞かないけど、それほどどんくさいわけではない。父さんのマネージャーとして、一緒に海外を飛び回ってハードスケジュールをこなしてるぐらいだから体力もあるし。

とすると僕のこの、あまりにもひどい運動神経はどこからやってきたのだろうか。遙《はる》か昔にも鈍くて臆病《おくびょう》なご先祖様がいたのだろうか。

そういえば、岩田《いわた》くんはスポーツなんでもできたなあ。

子供の頃一緒に通っていた体操教室では、岩田はオリンピックに行けるかもな！ と満更冗談《じょうだん》でもない顔でコーチに言われてたし。岩田くんが羽が生えたみたいに、補助も付けずにぴょんぴょんバック宙をしてる後ろで、僕はコーチになんでこんなことができないんだ？ って顔で首をひねられながら、後ろでんぐり返りの練習を延々と続けていたのも苦い記憶のひとつ。

僕は後ろでんぐり返りができないまま、すぐに辞《や》めてしまったんだけど、そしたら続けるだろうと思ってた岩田《いわた》くんも辞めてしまって驚いた。理由を聞いたら「だってこーへーと一緒じゃねえとつまんねえじゃん」って言って笑ってて……。

頭の中に浮かんできた懐《なつ》かしい笑顔を振り払うように、ちょっとだけ走るスピードを上げる。別に体力つけようと思って走ってるわけじゃないし、いまさら走ったからって運動神経がどうなるなんて思ってない。でも、自分のどんくささは昔からのコンプレックスで、それもかなりの重症《じゅうしょう》だ。ちはるもいかにもおっとりしたお嬢様って感じだけど、走るのは速い。子供の頃、僕はいっつも、岩田くんと、ちはるの背中ばっかり見てた。だからまあ、こうやって夜中に走るのは、僕とコンプレックスとの小さな小さな格闘《かくとう》なのだ。毎日走ってたら、体力だけじゃなくて、自信みたいなものも、ちょっとはつくかもしれないし。

と、背中に気配を感じた。

ひた、ひた、ひた、ひた。

誰かがぴったり後ろからついて来ているような感覚。走りながら振り返ってみるけど誰もいない。遠くのほうで、自転車のライトが道を横切るのが見えただけだった。

再び前を向いて走り出すけれど、背中の妙《みょう》な気配は消えない。それどころか、さっきよりも近くなっているような気がする。夜の住宅街にはほとんど人気《ひとけ》がなくて、誰ともすれちがわない。

改めて、昼間の出来事を思い出した。あのときも人がいなくなったと思ったら、女の子がいて、コンビニが爆発《ばくはつ》して、撃たれて……？

「いやいやいや……！」

やっぱり夢に決まってる。

昼間と似たような状況で生まれた不安を打ち消すように、僕は自分に言い聞かせた。

爆発までは現実だったみたいだけど、ちはるも強盗の仕業って言ってたし、あんな可愛《かわい》い女の子が銃《じゅう》を持って強盗なんかするわけがないし、そもそもあんなにも可愛い女の子がこんな平凡な街に存在するってこと自体、非現実的で非三次元的。

なんでそんな変な夢、見たんだろ？

こんなふうに、慣れない夜のジョギングなんかしてるから妙なストレスでも溜《た》まってるのかもしれない。

いきなり頭の上のほうで、ふー！　と声がして文字通り僕は飛び上がった。

見ると、塀の上で黒い猫が尻尾《しっぽ》を立てて、茂《しげ》みの中を威嚇《いかく》していた。縄張《なわば》り争いかなにかの真っ最中なんだろう。

……猫か。

まったく、我ながらビビりにもほどがある。

やがて相手を追い払ったのか、猫は僕のほうを、小心者め、という目つきでちらっと見てから塀から飛び降りて、とととと、と駆けて行った。

はあ、と思わずため息をついて、なんとなく力が抜けてしまった僕はぼんやりとその後ろ姿を見送っていた。


帰ってきてから玄関のドアを開けてすぐに僕は不穏な気配に気付いた。

などと言いたいところだが、現実はそうじゃない。何回も繰り返すようだけど、僕は鈍い。

だから台所で、ガスコンロに向かってちはるにもらった奈々《なな》さん特製じゃがいもスープを温め直していた僕がしゃがみこんだのはその気配を感じたからではなく奈々さんの料理はちょっと味が薄いからちょっと足しちゃおっかなーと思って塩の瓶《びん》に手を伸ばしたところ少し前から少なくなってるなとは思ってたけれども放っておいたらこんなときに空っぽになって面倒くせえなあと思いながら塩の袋の置いてあるコンロの下の収納の扉を開けようとしたからで、いわば、僕が命拾いしたのは、家族の健康に気を配る奈々さんの減塩志向と、自分の横着さのおかげ、ということになる。

いきなり、コンロの上に吊《つ》るしてあったフライパンが、カァァァァン！　と甲高《かんだか》い音を立てた。

ぎょっとして立ち上がった僕の目に入ったのはどういうわけか中央を不自然に凹《へこ》ませて揺《ゆ》れているフライパンだった。あとは、いつものダイニングの景色。

右側にはグラスや食器が入ったガラスの戸棚《とだな》。左側には大人がひとり入れるぐらいの大きな冷蔵庫と、母さんが「おなか減ったらここから出して温めて食べなさい！　ね！」と様々な冷凍食品を適当に放り込んでいくこれまた巨大な冷凍専用庫。その向こうにはがっしりと堅牢《けんろう》なダイニングテーブル。だけどそのさらに向こう、そこだけが違った。

大きく違った。

そこに、彼女が立っていた。

昼間とは違う、ぴったりした黒の上下。人形を思わせる整った無表情。耳元にはブルーの華奢《きゃしゃ》なピアスが光っていて、しかし右目に装着された無骨なモノスコープのようなものが女の子にそぐわない禍々《まがまが》しさを放っている。右手には黒色に鈍く光る銃《じゅう》が握られて、その銃口がまっすぐこっちを向いていた。そこには黒い筒が取り付けられていて、銃というよりもなんだか電動工具のように見えた。

そしてその先からは、うっすらと青い煙が上がっていた。

「なんで……」

女の子の口から言葉が漏《も》れた。その声は意外なほどにか細くて、そしてかすかに震えていた。

今まで無表情を保っていた顔に、初めて感情らしきものが表れた。

右目のスコープをむしりとって、床に叩《たた》きつける。

「なんで当たらないです！　なんでよけるんですか！　馬鹿《ばか》馬鹿馬鹿！」

うわあ！　と叫ぶ間もなく、僕は床の上に転がった。

ぱしゅぱしゅぱしゅぱしゅ！　と続けざまに弾《たま》が放たれて、部屋の中のあらゆる家具が砕けていく。身体の上に割れたガラスが降り注いで、そのうち特に大きなやつが、さくっ、と音を立てて僕の顔のすぐ横に突き刺さる。

がちゃ、と音がした。テーブルの下から女の子の華奢《きやしや》な足が見えて、その横に黒鉄色のものが落ちている。さっきまで女の子が持っていた拳銃《けんじゆう》だ。

あれ？と恐る恐る顔を上げた僕の目に入ったのは、さらに物騒なものだった。

「……これなら、逃げられないです」

野球のバットぐらいの長さと太さの、黒い金属の筒。

それって、あの、もしかして……。

ショットガンってやつですか？

まさか僕の心の中の問いかけが聞こえたわけではないだろうけど、女の子は返事のように遊底を、がしゃこん！　と禍々《まがまが》しい音とともにスライドさせて、ゆっくりと近づいてくる。

……ど、どうしよう？

もしかしてこの子、なにか勘違《かんちが》いしているのかも、そうそう、話せばわかってくれるかも、などと自分の限りなく都合のよいことを考えてみたけれど、でも、いきなり銃を乱射する相手に、なにをどう話していいやら。

とにかく、逃げよう！

でもどこへ？

ダイニングの出口は女の子が塞《ふさ》いでいるし……。

ええい！

僕はやけくそ気味にテーブルの下にもぐりこんで、思い切り勢いをつけて立ち上がった。普段は二人がかりでないと動かない重いテーブルが浮き上がる。テーブルの上に載っていた食器が滑《すべ》り落ちて割れる音の中で、女の子が、はっと息を吸うのが聞こえた。僕は構わずテーブルを傾《かたむ》けて、そのまま全身の力を込めた。肩越しに鈍い感触が伝わる。

女の子は壁とテーブルに挟《はさ》まれる形になって、その手からショットガンが落ちた。とりあえず逃げる時間ぐらいは稼げたはず。そう思ったとき、床に転がるショットガンが目に入った。これさえなんとかすれば……、と手を伸ばした僕の顔面に衝撃《しょうげき》が走った。身体が浮いて、反対側の戸棚《とだな》に叩《たた》きつけられる。おまけに棚の上に積んであった、軽く十人前の豚汁《とんじる》が作れる大鍋《おおなべ》が落下してきて頭に当たった。目の前にはファイティングポーズをとる女の子の姿。どうやらテーブルの陰から飛び出した女の子に顔面を殴られたらしい。倒れようとした僕の身体を無理やり起こすようにさらにもう一発。今度は見えない角度から飛んできた足に首がねじれる。目の前に真っ赤な幕が広がる。どこかを切ったのか、それともまた鼻血を吹いたのか、あるいは今度こそ、頭の中の大事な血管が切れたのか、

――女の子が右拳《みぎこぶし》を突き出す。左、また右。血が飛び散る。視界が揺《ゆ》れる。右の蹴《け》り。後ろに倒れる。女の子の手が後ろのポケットに伸びる。スタンガンが青い火花を放つ――

「うわっ！」

考えている時間はなかった。僕があわててのけぞると、目の前を女の子の右の拳が通り過ぎた。続けて左、右、そしてつま先。

さっきまでやられっ放しだった僕に、全部よけられたのがよほど予想外だったのだろう、唖《あ》然《ぜん》としたように、一瞬《いっしゅん》、女の子の動きが止まった。ほとんど考えることなく、僕は彼女のポケットに手を伸ばした。身体をよじって逃げようとしたけど、僕のほうが早かった。

僕は子供の頃からかなりほったらかしにされてきていて、両親は僕が高校に入ってからは食事の支度や身の回りの世話どころか、年に数回帰ってくるだけという実に自分たち本位の暮らしをしてる人たちだけど、基本的に彼らのことは尊敬している。好きなことに一生懸命打ち込んでいるところ。その場の思いつきや八つ当たりでお説教したりしないところ。やってること

は滅茶苦茶《めちゃくちゃ》に見えても、でもいつも真剣なところ。だから、そんな両親がやめろということは、やらない。

でもやっぱり、時と場合によるってことはある。

父さん母さん、ごめんなさい。

女の子を傷つけるなんて男として最低だ、常々そう口にしている両親に心の中で謝ることができたのは、スタンガンを押し付けた女の子の身体がぐにゃりと僕の上に倒れてきた、その後になってからだった。

◎ ◎ ◎

「このたびは大変失礼なことをいたしましてとてもとても申し訳ありませんことでした」

「はあ……」

さっきまでとはうって変わって、女の子は可愛《かわい》らしくぺこりと頭を下げた。

僕たちが向かい合って座っているのは惨状《さんじょう》も生々しいダイニングの床の上だ。砕けたガラスや割れた食器、銃弾《じゅうだん》で削《けず》られた木片の間を縫《ぬ》うように座る僕らの前には紅茶が並んでいる。

とりあえず、ということで、生き残ったカップを探し出して僕が淹《い》れたものだ。ソーサーには、ピンクと黄色のマカロンが添えてあって、これは暇《ひま》つぶしに僕が作ったもの。お客さんが来たら必ずお茶を淹《い》れなさい、お茶を淹れるときにはお菓子を添えなさい、切羽《せっぱ》つまった話のときは特に、というのもこれまた両親の教育のタマモノである。

失神から目覚めた女の子は、意外なほどにおとなしかった。一応拳銃《けんじゅう》もショットガンもスタンガンも取り上げておいたが、もうその必要もないように見えた。

私の名前はノアです、と妙《みょう》に主語をきっちりさせて、彼女は名乗った。

「野島浩平《のじまこうへい》。もうあなたに危害を加えるつもりはありません。心配なさってはいけない」

なんだか丁寧《ていねい》なのか横柄《おうへい》なのかさっぱりわからない喋《しゃべ》り方だ。呼び捨てだし。

そんな僕の戸惑いをまったく無視して彼女は続ける。

「あなたは説明して欲しいと思っている。ね？　でも私の説明、長くなりますはず」

「はあ……」

それにしても、近くで見ると本当にきれいな顔をしてるな……。

大きくて切れ長の目やくっきりした鼻筋《はなすじ》には西洋のニュアンスが漂《ただよ》っているけれど、それを東洋的なムードがソフトにくるんでいる。昼間見たときは、完全に外人さんかもと思ったけど、やっぱりハーフなんだろう。

「私はある組織に所属しています。組織の名前は《ソサエティ》、といいます。私はそこで仕事をしているです」

ソサエティのところは、僕の耳には〝ソサイエリィ〟というふうに、やけに滑《なめ》らかに聞こえた。しかし、逆に日本語の部分はなんだか微妙《びみょう》。僕は思い切って、さっきから気になってることを尋《たず》ねてみた。

「ねえ、もしかしてノアちゃんて、あんまり日本語、得意じゃない？」

僕がそう言うと、ノアちゃんは、きっ！　と音のしそうなきつい目で僕を見返してきた。

「得意です！　ノアはしっかり勉強してます！　だから得意です！」

その勢いに押されて、はあ、とうなずきながら思った。

この子、もしかしてものすごく負けず嫌い……？

「ノアはお父さんフランス人だけど、お母さん、日本人です！　だからだから当たり前で得意です！　そんなことより、話の、話の、ひじ……、ひざ……、かた……、んにゃ……、を折らないでください！」

あ、いまごまかしただろ！

「それを言うなら、話の骨を折る、だよ」

意味はないけれど意地悪をしてみた。

「ちゃんと骨を折るって言いました！」

やっぱり。

おほん、と咳払《せきばら》いをして、ノアちゃんは続けた。

「ソサエティの仕事は世界を正しくすることです。そのためにはやらなければいけないことがたくさんたくさんあるです」

ノアちゃんは極《きわ》めて真面目《まじめ》に言う。

大丈夫か、この子？　とは思ったが当人はいたって真剣だ。

「世界を正しく？」

「そうです。世界がまちがったところに行かないようにするのがソサエティの役目です」

「コンビニ強盗もそのひとつ？」

僕の皮肉に、でもノアちゃんはあくまでも真面目な顔のまま、ぶんぶんと首を振った。

「強盗じゃないです。ノアがあそこを爆破《ばくは》したのは強盗のためではありません」

……爆破って、女の子が、そんな、あっさりと。

「あそこの店にはあれから少しあと、あるひとがやって来るはずでした。そのひとは買い物をします。大きなカッターナイフです。それで、たくさんのひとの命を奪います。でも、コンビニはなくなっていましたので、別の場所に行きます。駅のそばにある店です。料理の道具を売っているから、そこなら包丁が買えるだろうと思って。でも、店にはそのひとの似顔絵が貼《は》ってあります。カウンターの下に貼ってあるので、そのひとからは見えません。店のひとはこっそりと警察を呼びます」

「え。ちょ、ちょっと待って……」

この話、聞いたことある……。

そうだ、通り魔だ。キッチンステーションの具志堅《ぐしけん》似の店長が通報したっていう……。

「だから、そのコンビニで買い物できないようにすることがノアの仕事だったです」

「そ、それじゃあ、コンビニがなくなってれば別の店に刃物を買いに行って、その店で捕まることがわかっていたから、そのためにコンビニを爆破したってこと？」

こくん、とノアちゃんはうなずいた。ほとんど無表情だったが、冗談《じょうだん》を言っているようには見えなかった。さらに重要なことには、頭のおかしい子みたいにも、見えなかった。

「なんであのコンビニで買い物するってわかったの？　それに、次に行った店に似顔絵が貼ってあるってことも、なんで？」

「ソサエティには、運命の継ぎ目がわかるひと、いるです。《運命読み》、というひとです。運命読みが読んだ運命を、ソサエティのえらいひとたちが話し合って、どうしたら一番影響《えいきょう》が少ない手段で世界を正しくできるのかを考えるです」

ノアちゃんは、事もなげに答える。

「通り魔さんが傷つけるはずだったひとの中には小さな子供ちゃんがいました。その子供ちゃん、大きくなったらお医者さんになります。沢山《たくさん》のひとを救います。だから、通り魔さんに殺させるわけにはいきません」

なんだか頭がくらくらしてきた。

気分を落ち着かせるために、僕はマカロンをひとつ口に放り込んで、紅茶を啜《すす》った。マカロンは口に入れるとふわっと溶けて、アールグレイもきちんと葉っぱを蒸したおかげでとてもいい香りだったけど、それはなんの慰《なぐさ》めにもならなかった。

「でも、それにしたってなにもコンビニ丸ごと爆発させなくても……。ほら、例えば棚《たな》にある刃物を全部買い占めるとか……」

「もしそうしたら、そのひとは刃物を使うひとからロープで首を絞《し》めるひとに変わっていたはずです。ロープがなければボールペンで突き刺すひとになっていたかもしれません。欲しいものがひとつもないからコンビニのひとに危害を加えていたかもしれません。ひとの運命は小さなことで、すぐに変わってしまいます」

なぜかちらちらと、視線を下に落としながらノアちゃんは続けた。

「それにあのコンビニの建っていたところは運命の特異点といって、とても危ない場所だったです。ソサエティは最近になってそれを発見しました。だからああするのがベストだったです。もしかして、通り魔のひとを殺しちゃえばいいのにって、野島浩平《のじまこうへい》は思ったかもしれないです。でも、それは危ないです。影響《えいきよう》が大きすぎるです」

「影響?」

人を殺すのもコンビニを爆破《ばくは》するのも、同じぐらい影響は大きいと思うのだけど。

「例えば、ノアのお父さんとお母さんが出会わなかったらノアはいません。ノアのお父さんの、おじいちゃんとおばあちゃんが出会わなくても、ノアはいません。おじいちゃんのおじいちゃ

んのおじいちゃんと、おばあちゃんのおばあちゃんが出会わなくても、ノアはいません。もしもノアが悪者さんで、ノアが世界を悪くするひととしたら、その悪者さんのノアを殺すよりも、おじいちゃんのおじいちゃんのおじいちゃんと、おばあちゃんのおばあちゃんのおばあちゃんを出会わなくするほうが、ずっと世界に対する影響は少ないです」

……うん？　おじいちゃんのおじいちゃんのおじいちゃんと、おばあちゃんのおばあちゃんのおばあちゃん？

でもまあ、言いたいことはわかった。

確かに僕も、人を殺しちゃうよりも、誰かと誰かを出会わないようにするってことのほうがいいとは思う。けど、全般的にわかるようなわからないような話だ。

「それなら、警察に……」

「あんなのはアテになりません！」

びしっ！　とノアちゃんは決めつけて、また自分の手元をじいっと見つめている。僕も視線を落としてみて、ようやく気がついた。

「あ、良かったら、お茶飲んで。お菓子も」

それからよく見えるようにマカロンを自分の口に入れた。

「毒なんか入ってないから」

そこまで言われるのなら仕方ありません、武士はクワイエット・テイク・ア・ＹＯＺＹなのですが、とかなんとかわけの分からないことを言いながらノアちゃんは、マカロンを一口齧《かじ》る。

「！」

いきなり表情が一変した。ただでさえ大きな目をさらに見開き、宙をにらむ。白い頬《ほお》は朱色に染まり、やがてその細い肩がふるふると小さく震えだした。

「あ、ご、ごめん、そんなにまずかった？　吐《は》き出して、吐き出して！」

僕はあわてて言った。自分ではなかなかの出来だと思ったけど、そういえばノアちゃんのお父さんはフランス人だって言っていた。所詮《しょせん》はシロウトの僕が作ったものだから、本場の人にとっては耐《た》え難《がた》い味だったのかもしれない。

ノアちゃんは再び唐突《とうとつ》に目をぎゅっとつぶると、まるで自分の中になにかを溜《た》め込むように血管が浮くほど拳《こぶし》を握り締めて、それから一気に弛緩《しかん》した。

「おいしい……！」

それから先は一気だった。

ばくばくばく、とあっという間に自分のソーサーに載っている分を平らげて、ぐっと紅茶を飲み干す。さっきまでの冷たい表情はうそのように、まるでマタタビを与えられた猫のような顔になって、ふうう、と幸せそうにため息をつく。

「あ、あの、美味《おい》しかったの？」

はぁい、と気の抜けた声で返事をする。

なんなんだろうか、この子。

しばらく余韻《よいん》を味わっていたノアちゃんの目が、またちょっとだけ鋭くなって僕の手元に注がれる。

「あ、よかったらこれもどうぞ」

今度は遠慮はなかった。頂《いただ》きます、と言いながら僕のマカロンをあっという間に口の中に収めてしまった。

「お菓子、好きなんだね……」

僕の言葉を半分しか聞いていないことが丸分かりの表情で、ノアちゃんはもふもふと口を動かしていた。

まあ、自分の作ったもの、そこまで喜んでくれたら悪い気はしないけど。

と、そんなことを考えていて、非常に大事なことを思い出した。

「僕は？　僕はどうなるのさ！　さっきの話の続き！　僕、ノアちゃんに殺されかかったんだけど！　そういうのって世界のためにはマズいんじゃないの!?」

「そうなんです、そこなんです」

ノアちゃんは、マカロンの余韻から脱出して、再び無表情に戻った顔を僕に向けた。

「とてもマズいことなんです」

そして手を前について、深々と頭を下げた。

「だから、ノアは、野島浩平《のじまこうへい》のお弟子さんにしてもらわねばなりません」

⚙ ⚙ ⚙

「あ、ええと、なにかな、その弟子っていうのは……」

一日で何度も頭が真っ白になる日だったけど、これはその中でも最大級だ。弟子？　ってなに？

「弟子というのは師匠《ししょう》と一緒にいて勉強する人のことです！」

なぜか自慢《じまん》げにノアちゃんは言った。

「そ、それは知ってるんだけど……、でも僕、教えられることなんてないよ？」

生まれてこの方、なにも人より上手にできたためしがないこの僕だ。上達しない、飲み込みが悪い、教え甲斐《がい》がないと言われたことは数知れない。そんなやつが、人に何を教えろと。

「そんなことは知ってます」

さらっと失礼なことを言って、ノアちゃんはいっぱいポケットのついているカーゴパンツから小さいPCを取り出した。かたかたとキーを叩《たた》いて、画面を読み上げ始める。

「野島浩平、霧ノ内《きりのうち》高校一年三組、出席番号17番。一学期の成績は国語4、英語2、数学2、世界史3、日本史3、物理1、体育1……」

「な、なんでそんなものを……！」

それがなにか、尋《たず》ねるまでもない。僕の一学期の成績表だ。

「ソサエティに調べられないものはないです。担任教諭のコメントは『真面目《まじめ》に学習に取り組む姿勢は見られるものの、要領が悪い』、ふむ。要領が悪いというのは物事をうまく処理できないということですね」

そうやって言い直されると、二倍傷が深くなる気がする。

「そこまでわかってるなら」

いたたまれなくなって、口を挟《はさ》んだ。

「なんで弟子なんか……」

「それは野島浩平、あなたが《イレギュラ》だからなのです！」

ノアちゃんは高らかに宣言して、びし！　と人差し指を突きつけた。

「イレギュラ？」

イレギュラーバウンドとかのイレギュラ？　レギュラーじゃない、あのイレギュラ？

「そうです」

ノアちゃんは力強くうなずく。

「って、なにそれ？」

「イレギュラは運命の中のバグのことです」

「バグ？」

「そうです。運命はきっちり組み立てられたプログラムです。小さな歯車が集まって動く精密な仕掛け時計と同じ。小さな色々なことが絡まりあって、針を回し、時刻を告げ、ときにはハトが出てきたり、お人形さんが踊《おど》ったり、そんなからくりなんかも起こります。でもまちがった歯車があれば、すべてのことがおかしくなります。その歯車がイレギュラです。イレギュラは周りの運命を狂わせます。イレギュラは、世界をしっちゃかめっちゃかにしてしまいます。だからソサエティのひとは、イレギュラを恐れます。嫌います。悪です。いないほうがいいと思います」

そ、そこまで言わなくても……。

「さっきノアは、あのコンビニの場所、運命の特異点だといいました。特異点というのは、そこでは正しく回るはずの運命がしょっちゅう狂ってしまう場所です。イレギュラは、歩き回る運命の特異点です。その証拠《しょうこ》に、ノアがコンビニに入って、店のひとを気絶させて、縛《しば》って外に出して、爆弾《ばくだん》を仕掛けて出てくるまでの二分半、あそこには誰一人、通りがかる予定はありませんでした。誰かが巻き添えになって怪我《けが》をしたり死んだりすれば、また大きく世界が変わってしまうから、運命読みさんは、すごく慎重に運命を読むです。誰もいるはずのないところに、でも、野島浩平《のじまこうへい》は通りがかったです」

「いやいや……、それは……」

ソフトボールが顔面に直撃《ちょくげき》したりしなければ早退なんてしなかったし、あんなふうに変な映像が見えたりしなければ校門を出て左に曲がって、バスで真っ直《ます》ぐ家に帰ってきただろう。

だから僕があそこに居合わせたのは、本当に、完全に、単なる偶然《ぐうぜん》なわけで……。

「イレギュラが発生したら、それは排除《はいじょ》しなければなりません。即刻《そっこく》その場で直《ただ》ちに。それがソサエティの工作員の、一番大切な仕事です。でも野島浩平は逃げました」

「そりゃ、逃げるでしょ！」

大声を出してしまった僕に、ノアちゃんはぷるぷると首を振る。

「それ、ちがいます、野島浩平。ノアは新人さんですが、新人さんのなかで射撃は一番上手です。当たらないはず、ないです。でも野島浩平には当たらなかった。逃げられたこと自体がおかしいです。ノアは野島浩平を尾行《びこう》しました。帰ってから、外を走って、また帰ってきました」

ジョギングをしてるときに背中に感じた気配は気のせいや、猫のせいだけじゃなかったわけだ。

「スキだらけで、いつでも撃てると思いました。でも失敗はダメです。ひとに見られてもダメです。だから家に帰ってきてから撃ちました。でもまた逃げられてしまいました」

話しているうちに、だんだんとノアちゃんがしょんぼりしていくのがわかった。たぶん彼女にとっては、僕のようなどんくさい高校生ごときを仕留められなかったことはとても屈辱《くつじょく》的な事態にちがいない。

その様子を見ていると、ちょっとだけ、撃たれてあげればよかったとすら思った。

「体育1なのに」

絶対撃たれてやらない。

「師匠《ししょう》は特殊《とくしゅ》な訓練も受けていないし、普通の運動能力、普通以下の運動能力しかないのに、なんでノアから逃げられるんでしょう。それに、さっき師匠、途中からすごく強くなって、ノアのパンチもキックも全部簡単によけられて、スタンガンまで取られて失神させられました」

「あ、ごめんね……」

無表情ながら、わずかに恨みがましい目つきをするところを見ると、どうやら根に持っているらしい。でも、わざわざ普通以下とか言い直さなくてもいいし。それにもう、〝師匠〟になってるし。

「でも、だから、なんでそんなやつに弟子入りするの?」

「いいところに気がつきました。イレギュラを発見した場合、ソサエティのひとのすることは二つです。ひとつはイレギュラを通常の《運命律》から排除《はいじょ》すること、つまり身柄を確保してソサエティの本部に連行、完全監視下に置くことです。さっきから師匠はノアが師匠を殺そうとしたと言ってますけど、それはまちがい。ノアは師匠を無力化して拘束《こうそく》したかっただけです」

世界にどれだけの「したかっただけ」があるかわからないけど、「無力化して拘束」は「したかっただけ」の包容力を遥《はる》かに超えていると思う。

「でもノア、失敗しました。その場合、これ以上対象を排除しようとすることは危険です。なにかすればするほど、運命がおかしくなってしまう可能性があるから。だからもう、残りのひとつしか道はないです」

「残りのひとつって？」

「イレギュラを日常生活において常時観察、調査して、ソサエティの本部に逐次《ちくじ》報告するです。そのためには弟子入りが一番です」

「あ、あのさ、観察するだけなら、別に弟子にならなくても……」

「なにを言ってるんですか！」

ノアちゃんはいきなり大声を張り上げた。

「観察するためには一番近くにいないとダメです！　一番近くにいるのは恋人か弟子に決まってるけど、恋人が嫌《いや》だったら残りは住み込みの内弟子だけです！」

す、住み込みって。僕だってこんなに可愛《かわい》い子に住み込まれてうれしくないわけじゃない。だけどそれはその可愛い子が銃《じゅう》を撃ちまくったり、スタンガンを携帯《けいたい》していたり、世界を正しくするという怪《あや》しい組織の一員じゃない場合に限ってのことだと思う。

ところで、もしかして僕、今、告ってもないのに、軽く振られた？

「だから、ノアを住み込みの弟子にしてください」

　正座のまま、ノアちゃんは深々と頭を下げる。

「ちょ、ちょっとノアちゃん、弟子になってここに住むなんて、そんな、困るよ！」

「どうしてですか」

「だって考えてみてよ！　いきなり来た女の子が、今日からここに住みます、なんて言い出したら、誰だって困るでしょ！」

「師匠、ノアを追い出すですか。お仕事を終わらせないとソサエティに帰れません。行く場所もないのに、それでも、追い出すですか」

「いや、追い出すっていうか……」

　ノアちゃんは頭を低くしたまま、上目遣いで僕を見つめる。その圧力に抗いながら、

「ノアちゃん、とりあえず頭を」

　上げて、と言おうとしたとき。

「……！」

　僕の背後で息を呑《の》む気配がした。

　振り返ると、ちはるが両手を口に当てて立ち尽くしていた。

「きゃあああ！」

　僕のほうを見て悲鳴を上げる。な、なに？　今、特にまずいこと、してなかったよな。確か

に異常に可愛《かわい》い女の子が家にいて、その子と正座して向かい合ってるけど、へんなことしてるわけじゃないし……、となぜか頭が言い訳モードに切り替わるのを自覚しつつ、ちはるの視線を追って、悲鳴の原因に気付いた。

そういえば、部屋の中、滅茶苦茶《めちゃくちゃ》だったんだ。

「こ、こーちゃん、どうしたの⁉」

その上、僕のTシャツは鼻血で真っ赤に染まっていた。さっき、ノアちゃんに殴られたり蹴《け》られたりしたときのだ。それだけじゃない。顔も腕もガラスの破片であちこちが切れている。

ちはるの顔から血の気が引いていく。

「け、警察……」

そのとき、鈴の鳴るような声がした。

「コンバンハ、ハジメマシテ」

横を見るとノアちゃんが立ち上がって、それはそれは見事な笑顔で挨拶《あいさつ》をしていた。さっきまでよりも全然、片言っぽい日本語だったが、そんなことも気にならないぐらいの、思わず見とれてしまうぐらいの笑顔だ。さっきまでの仏頂面《ぶっちょうづら》を見ていた僕でなければ、それが作り笑いだとは気付かなかっただろう。

「は、はあ……、こんばんは……？」

ちはるは、そこで初めてノアちゃんに気がついたようにきょとんとして、それでも釣《つ》られて挨拶を返す。

「ワタシのナマエ、ノア、デス」

そうしてノアちゃんは話し始めた。

自分はフランスの中学生だが、ある日偶然《ぐうぜん》食べた僕の父さんの菓子の大ファンになり、弟子にしてもらおうと単身日本にやってきたこと、ようやく僕の家を探し当てたはいいものの、父さんは海外に行っていてしばらく帰ってこないと聞いたこと、そのショックのあまり貧血《ひんけつ》を起こして倒れかかったところにガラスの戸棚《とだな》があったこと、かばってくれたコウヘイさんも転んでしまって怪我《けが》をしたこと、そんな話を切々と語ってみせた。

「そうだったんだ……」

ちはるもいつの間にか床にぺたんと座り込んで、うんうんとうなずきながら話を聞いている。

「まだ中学生なのに、ノアちゃん、頑張《がんば》って日本まで来たんだね……」

「ノア、一生懸命がんばって来ました。でもコウヘイ、帰れっていいます。お父さんしばらく帰ってこないから、出てけって、お家から追い出そうとします……。ノア、行くところないのに……」

ノアちゃんの目から見事な一粒の涙がぽろり、とこぼれるのと、ちはるが大声を上げたのが、ほぼ同時だった。

「こーちゃん、ひどい！」

「い、いや、だってほら、父さん今、アメリカのほう回ってるらしいから……」

ノアちゃんの作り話と矛盾《むじゅん》しないように一生懸命頭を絞《しぼ》って話し始めたそばから、

「ニホンに来るために爪《つめ》を燃やすようにして貯《た》めたオカネ全部使って、帰りの飛行機、乗れません。それにノアのパパとママ、ノアが子供の時に死んじゃいました。フランスに帰っても親戚《しんせき》の家をサラマワシです。イジメられます。血のつながらない、つながらない、ママ……、ハハ……？　ハハママ……？　に、家事と子守をやらされます。なのに、コウヘイ、出て行けって……」

途中で微妙《びみょう》に変なことを言いつつ、でも、しくしくしく、とどこから取り出したのかハンカチで目頭《めがしら》を押さえていたりして芸が細かい。

「ノアちゃん……」

見ると、ちはるはもう目を真っ赤にしている。ちはるはこういう話に、めっぽう弱い。一緒にテレビを見ていても、かわいそうな話になると真っ先に泣き出す。そうだった、忘れてたなあ、などとのんきに思ったとたん、

「こーちゃん、ひどいよ！」

「痛た！」

思いっきり頭を叩《たた》かれた。

「こーちゃんがそんな冷たいやつだと思わなかった！　目の前で女の子が困ってるんだよ！

助けてあげようって思わないわけ！　おじさんだってずっといないわけじゃないでしょ！　いつかは帰ってくるんでしょ！　だったらそれまで待つとか、電話して早く帰ってくるように伝えてあげるとか、いくらでもできることあるでしょう!!」

ちはるの大声と勢いは、ノアちゃんが一瞬《いっしゅん》、泣きの芝居を忘れてぽかんとしてしまうほどだった。

そうだった、これも忘れていた。

ちはるは困っている人を見ると助けずにはいられないのだ。

「ノアちゃん！」

いきなり両腕を抱きしめるようにつかまれて、ノアちゃんは、はいッ！　と高い声を出して背筋を伸ばした。

「こーちゃんのお父さんが帰ってくるまでここにいていいんだからね。帰りたくないんだったら、帰らなくていいんだからね！」

じろり！　と鋭い目でこちらをにらむ。

「ノアちゃんを追い出したりしたら、私が許さないんだからね！」

第二章 友達はいますか？

そして翌朝、僕はベッドの上で、激痛と共に目覚めた。

「う、うぎ……」

身体を起こそうとすると腹筋が攣《つ》り、それを伸ばそうとすると今度は背筋が攣った。腹筋と背筋だけではない、首からつま先まで、あらゆる場所が筋肉痛だった。

「ぎゃ！」

なんとかして起き上がろうとしたらさらに首の辺りが攣って、ベッドから転げ落ちた。

（昨日のツケ、か……？）

昨日、パワー全開のちはるの指揮の元で僕とノアちゃんは、というか主に僕は惨憺《さんたん》たる有様《ありさま》のキッチンを片付けて、「ノアちゃんがシャワーを浴びてる間は降りてきちゃだめ！」という理不尽な命令と共に二階の自分の部屋に追い立てられ、日中のソフトボール激突事故から始まる一連の出来事による疲労《ひろう》と心労のためか、ベッドに倒れこむとそのまま眠ってしまった。

きっとノアちゃんの布団やら着替えやらはちはるが用意してくれたのだろう。ちはるにとっては自分の家も同然、どこになにが仕舞ってあるかなんて、僕よりも詳《くわ》しいぐらいだから。

気合と根性を総動員して部屋から這《は》い出して、ほふく前進で一階に降りる。ようやくたどり着いたリビングのソファでぜいぜい言いながら一息ついていると、テーブルの上に紙切れを見つけた。

「さがさないでください　のあ」

と、小学校低学年ぐらいの字で書いてあった。

……弟子、初日に家出かよ。

時計を見ると、とっくに学校に行く時間は過ぎていた。よほど休もうかと思ったが、「明日必ず一度顔を出すように。出さないと殺す」という麻奈美《まなみ》先生の厳命を受けていたため、仕方なく僕は身体を引きずりながら支度にかかった。

「なんだよ、お前。ぼろぼろじゃねえか」

僕が保健室のドアを開けると、だるそうに振り向いた麻奈美先生は呆《あき》れた声で言った。

「なんでおとなしくしてろって言われて早退したやつが、そんな全面的にぼろぼろになってんだよ、馬鹿《ばか》じゃねえか」

結局、着替えに一時間、ここまでやって来るのにさらに一時間半。そんな苦難を乗り越えて来た少年には、もうちょっと優しい言葉をかけても罰《ばち》は当たらないと思うんだけど。

「んで、身体、どっか変なとこはねえか？　ていうか体中変になってるみたいだけど。うわ、ひでぇアザだな。ケンカか？」

先生は僕のシャツを乱暴にめくると、身体のあちこちを確かめながら言った。

「いや、なんていうか……」

学校の帰りに美少女に銃撃《じゅうげき》されて逃げて帰ったらまたぼこぼこにされておまけに弟子入りを志願されました、なんて、言えるわけがない。

色々言い訳を考えたのだけど、

「階段から、転んだ、みたいな感じ、です」

結局、暴力亭主をかばう健気《けなげ》な奥さんみたいになってしまった。

ふうん、とちっとも納得《なっとく》していない顔をした麻奈美先生だったが、急に思い出したように、おお、と声を上げた。

「そういや、お前、頭大丈夫か？」

聞きようによっては実にひどい発言だけど、そういう意味ではないことはわかった。でも、大丈夫、と答えようとして、少し、間が開いた。

ときどき変な幻覚《げんかく》が見えるんです。それもどうやら、未来の出来事を見ているらしいんです。

これも言えない。

「心配だったら病院で検査、行ってみるか？　知り合いの脳外科医、紹介するぞ」

僕のためらいを勘違《かんちが》いしてか、先生は眉《まゆ》をひそめて言った。

「あの、いえ、大丈夫です」

「そうか……、ああ、なるほどなるほど」

それまで心配そうだった麻奈美《まなみ》先生の顔が、急に納得《なっとく》したようになって、同時に、にやにや笑いが浮かぶ。

「なんだ、お前、そういうことか。そうかそうか、青春の苦悩か。ただ、昨日言っただろ。責任は取りかねると」

「は？」

「まあ、私に出来るのは、お前の彼女の乳がすくすく成長するように祈ってやることぐらいだ」

「あの、先生？」

「私もまた罪なことをしてしまったなあ。うん、よし。もう一回というのは倫理《りんり》的によろしくないので、代わりにアドバイスをしてやろう。最近はブラの技術も進歩してニセモノも多いから、しっかりと見分けられるようにしておけよ。ちなみに、本物はこういう感じだ」

ほれ、と白衣の前を開くと白いタンクトップがあらわになる。巨大な二つの丘を目の前に突きつけられて、僕は顔を真っ赤にしながらまた変なことにならないうちに、さっさと保健室から退散した。

がははは、と麻奈美先生の哄笑《こうしょう》が廊下に響いて、追い撃ちをかける。きっと悪魔が笑うとあんな声に聞こえるにちがいない。

純情な少年をからかって喜ぶのって、ホントよくない趣味だと思う。

ようやく高笑いが聞こえなくなるところまで来ると、あとは公式や文法を説明する先生の声、そこに隠れるひそやかな話し声、チョークが黒板に当たる音、さわさわとした木々の音だけが残る。これから授業の途中からみんなの注目を集めながら教室に入って先生にどうしたんだと聞かれていいわけして……、そんなことを考えると気が重くなった。

そうだ。思いついて、僕は足を止めた。

とりあえず部室に行ってみよう。それで時間を潰《つぶ》して区切りのいいところから教室に戻るのがいいだろう。昨日から立て続けに起きたわけのわからないあれこれや、これからのこともちょっとゆっくり考えたいし、もし誰かがいれば、無駄話《むだばなし》なんかして気をまぎらわすこともできるかもしれないし。僕は回れ右して、校舎の階段を上り始めた。

僕が所属している日本文化研究会、通称「文研」は、その名とは裏腹に、日本の文化を研究するわけではなく、もちろん「日本文化研究甲子園！」を目指したりするわけでもなく（そんなのないと思うけど）、かといって、「部活動とは仮の姿、かくしてその実態は学園を陰から支配する秘密組織なのであーる!!」……わけもなく、活動といえば部室で無駄話をしてスナック菓子を食いながらゲームをしたり漫画《まんが》を読んだりするという、要するに「真《ま》っ直《す》ぐ帰んのもつまらんけど真面目《まじめ》に部活やるのもだりい」といった実にけしからん生徒の集団だ。

「ゲームも漫画《まんが》もスナック菓子も日本が誇る文化だ。我々に恥《は》じるところは一片もない！」

というのは部長の丹沢《たんざわ》さんの弁だが、その発言が正しいかどうかはさておいて、なぜ僕がそのけしからん集団の一員になっているかといえば、これはもう、勢いと流れと不幸な偶然《ぐうぜん》としか言いようがない。

正直、まともな部活に入って、ちょっとは青春ぽいことをしたかったと思わないでもない。けれど、そこまでやりたいことがあったわけでもなく、導いてくれる出会いや才能もなかった僕は、入学から半年近くが経《た》った今ではすっかり文研の一員として、日々のダメダメなムードに身をなじませてしまっている。

校舎の四階まで上がって部室の前まで来ると、にぎやかな笑い声が聞こえて、僕は首を捻《ひね》った。授業中なのに人がいることが不思議だったわけじゃない。ただここで過ごしているときは、みんな一人で漫画読んでたりゲームしてたりすることが多いから、こうやって談笑していることと自体が珍《めずら》しい。

なにか面白《おもしろ》いことでもあったかな。そう思ってドアを開けた僕は、部屋の中にいる人物を見た瞬間《しゅんかん》に、コケた。

「あ、こーへーちゃん」

雑然と椅子《いす》や机が置かれた部屋の中央に、ノアちゃんがちょこんと座っていた。しかもご丁《てい》寧《ねい》に、ウチの制服まで着て。

「の、ノアちゃん、なんでここに……」

「ちはるちゃんに連れてきてもらいました」

どうやら制服もちはるに借りたらしい。

部長の丹沢さん、それから僕と同じ一年の里見《さとみ》と大竹《おおたけ》がノアちゃんを囲んでいる。

「よう、野島《のじま》」

長身で色黒で茶髪で男前、サッカーでもやってそうな外見とは裏腹に、中身はずるずるでぐだぐだの文研の御本尊、丹沢さんが無駄《むだ》にイケメンなスマイルを浮かべて言った。

「ちょうどよかった。君の従姉妹《いとこ》さんをご接待していたところだ」

今日は従姉妹になってるのか……。

絵に描いたような美少女の微笑《ほほえ》みを浮かべたノアちゃんの前には、部員が持ち寄ったお菓子が所狭しと広げられている。開いている袋の様子を見ると、すでにかなりの量がノアちゃんのお腹に消えたらしい。

君、にきびできるよ。

「浩平《こうへい》、お前、許せん」

大竹が重々しい声で言った。一八五センチの身長で、フランケンシュタインを彷彿《ほうふつ》とさせる顔立ちのこの男にそんなことを言われると、ちょっと本気で怖い。

「春野《はるの》さんといい、従姉妹さんといい、なぜ、お前の周り、かわいい子ばっかり」

うむうむ、とうなずきながら隣の里見《さとみ》が後を引き取る。

「大竹《おおたけ》なんか下に四人も妹がいるのに、みんな大竹と同じ顔で……、ぐふ！」

いきなり里見が椅子《いす》から転がり落ちて悶絶《もんぜつ》した。格闘技《かくとうぎ》とガンアクションをこよなく愛する大竹の繰り出した裏拳《うらけん》が、みぞおちにヒットしたのだ。

「そ、それで、ノ、ノアちゃんはいつまで日本に？」

苦しい息を吐《は》きながらもガッツを見せて里見が尋《たず》ねた。二次元三次元を問わず美少女・アイドルに人生のすべてを捧げる彼にとって、ノアちゃんと同じ空気を吸っていれば、みぞおちの痛みなど何ほどのこともないのだろう。

恐ろしき美少女パワー。

「研究の進み具合次第です」

その美少女は、素晴らしい微笑——もちろん例の作り笑い——を浮かべてそんなことを言っている。

研究？

ど、どういう設定？

「漫画《まんが》とアニメの研究にわざわざ日本に来るとは実に素晴らしい」

僕の疑問に、丹沢《たんざわ》さんがナイスな回答をくれる。

「日本のマンガ、フランスでも非常に人気です。ノアは半分日本人だから、もっと詳《くわ》しく勉強するべきと思いました」

……昨日といい今日といい、行き当たりばったりでいろんな作り話考えるよ、この子は。

部室なら落ち着けるかと思ったんだけど、と安住の地を追われたミクマク族のような気分で僕は話の輪を離れ、部屋の隅《すみ》に置いてあるソファに腰を下ろした。

特に興味もなかったけれど、ただ座ってても仲間はずれの子みたいなので、目の前にあったスポーツ新聞を取り上げる。

一面には、ざっくりしたセーターを着て金の鎖《くさり》をぶら下げたごつい顔の男が剣呑《けんのん》な目つきでこちらを睨《にら》みつけている写真。腕を突き出して手のひらを広げているのは、できるだけカメラをさえぎろうとしているのだろう。その目論見は半分当たって、彼の手のひらに刻まれた運命線の長さもはっきりとわかった。

写真の横には「三谷《みたに》、今オフ引退か⁉」という文字がでかでかと躍《おど》り、上のほうには「夫人と離婚協議？　桜《さくら》あかねと再婚へ⁇」という、クエスチョンマーク過多の見出しが載《の》っている。

「お前もそれ、興味あんのか」

マンガ談義についていけなくなったのか、それとも単に飽きたのか、隣にやってきた丹沢さんが言った。

「いや、そういうわけじゃ……」

ここ数日間、テレビをつけるたびに延々とやっている、プロ野球選手とグラビアアイドルの不倫《ふりん》の記事だった。

「なんだ、だったら一緒に反三谷同盟《はんみたにどうめい》が結成できると思ったのに」

丹沢《たんざわ》さんは本気で残念そうに言った。

「丹沢さん、桜《さくら》あかねのファンでしたっけ？」

桜あかねは、ものすごく大きなおっぱいと、ものすごく軽い頭を武器に芸能界を驀進中《ばくしんちゅう》のグラビアアイドルで、ちなみに僕は、けっこう好き。

「いや、別に。でもな」

そう言いながら丹沢さんは、ぱちん、と新聞を指で弾《はじ》いた。

「こいつは野球が上手《うま》いというただそれだけでいいもん食って、高級車に乗り、女子アナと結婚して、さらには十歳以上も年下のグラビアアイドルとホテルにしけこんだりしてるわけだ」

「はあ」

「確かに甲子園《こうしえん》では大活躍してドラフト1位でプロになって、地元球団にいた間はよかったが、東京の、あの球団に金を積まれて移籍してからはさっぱりだ。最近はケガまでしてリハビリ中で、もはや野球が上手いとすらいえない。かつて野球が上手かった人、というべき存在だ。元三谷、といってもいい」

「要するに、うらやましいんですか」

「ちがう。だけどな、もし三谷が引退しても、元プロ野球選手、元甲子園のスター、東京のあの球団のOBとして一生食っていくことになるだろう。テレ東《とう》の旅番組とか出たりして。それに解説者の口なんかにはこと欠かないらしいからな、あの球団出身者は。わかるか？ 野球が上手かったということじゃなくて、上手く世の中を渡った男として生きていくんだ。あの三谷が！ そして賭《か》けてもいいが、こいつはまた不倫をする。年下の、今度はホステスかなにかと」

「やっぱり、うらやましいんですか？」

「だからちがうって。俺が言いたいのは、だ。こいつは野球が上手いということが存在価値にも拘《かか》わらず、いい大学に入り、官僚《かんりょう》になり、天下りを繰り返して退職金を何度ももらう連中と同じ生き方を今まさに選択しようとしているわけだ。つまらんだろ、そんなの。あの三谷が、だよ？ もっとじたばたしてみせろってんだよ」

「はあ……」

丹沢さんは、やっぱり俺も野球続けてりゃよかった、と締《し》めた。丹沢さんが野球をやっていたなんて初耳だった。たぶん、うそだろう。

ふとノアちゃんを見ると、妙《みょう》に真剣な顔をしている。その視線は、両手に持ったきのこの山とたけのこの里に均等に注がれている。やがて両方をいっぺんに口に入れると、満足そうに、うんうん、とうなずいた。

結局その後、僕は昼休みの前に再び早退することになった。昨日から顔面デッドボール失神、早退、銃撃《けんじゅう》、弟子入り志願など人生初めてのことが続いているが、今日は保健室登校というのを経験してしまった。

僕の名誉《めいよ》のために言っておくと、一応、教室にも行こうとしたのだ。だが、ノアちゃんが教室にも一緒に行くと言って聞かず、もしそんなことになったらどれほど面倒なことになるかわからない。そうなると、もう僕には「家に帰る」という選択肢《し》しか残されていなかったのだ。

「ノアは着替えますので見てはいけません」

当然のように僕にくっついて帰ってきたノアちゃんは、玄関に入るなり当たり前のことを言って、客間のふすまを閉めた。

本当に弟子とかになってここに住む気？　昨日は勢いで泊めちゃった、というか気がついたら泊まってたみたいだけど、早く出て行ってもらわないとなあ。それに弟子入りを許可した覚えもないし。そう思いながらふすまに目をやる。

さてと。

もう！

何も言わなかったらどうってことないのに、「のぞくな」とか言われると逆に意識するじゃん！

しゅっしゅ、と布が擦《こす》れ合うかすかな音が、ふすまの向こうから聞こえる。

ふすま一枚向こうで、ノアちゃんが着替えてる。

ここで僕しか知らない我が家の豆知識をひとつ。あまり使うことのない客間はふすまの建付けが悪くて、どれだけきちんと閉めてもほんの少しだけ隙間《すきま》が開いてしまうのです。ほんの紙一枚ほどの隙間だけど、ぴったりとくっつけば、もしかして……。

頭の中で悪魔と天使双方の囁《ささや》きを聞きながらふすまの前を行ったり来たりしていたそのとき、らららん、らん、ら～ん♪

ポケットから陽気なメロディが鳴り出した。ぎゃ、と声にならない声を上げて、僕は携帯《けいたい》の入ったポケットを押さえ、二階に駆け上がる。

まだどきどきいう心臓の音を聞きながら、もしもし、と口にする前に、電話の向こうの声が言った。

「野島浩平《のじまこうへい》くん？」

低い、落ち着いた感じの女の人の声だった。

僕は改めて液晶の画面で相手を確認しようとして目を疑った。発信者表示は、《000‐000‐000》。世界のどこを探してもこんな番号、存在するはずがない。

「新しいイレギュラの、野島浩平《のじまこうへい》くん、ね？」

その言葉に、ぎょっとなった。

なに言ってんだ、この人？

「いいこと教えてあげる」

僕の戸惑いを押しのけるように、〈声〉が言う。後ろでぼおおおん、というコンプレッサーのような音が鳴っている。

「もしかしたらきみ、妙《みょう》な能力を身に付けたりしてない？」

「は？　ちょ、ちょっとあなた一体……」

「心配してたらかわいそうだから教えてあげる。それはイレギュラにはよくあること。他人とはちがう特別な力、異常なほどの腕力や頭脳、突出したカリスマ性、特異なセンス、そんなものを持ち合わせてるイレギュラは多いから。だから心配しなくていいわ」

「なにを言って……」

僕の問いかけにはまったく答えない〈声〉は、どこか笑いを含んでいるようにも聞こえた。だけど、どこかで聞き覚えがあるような気がする。誰だっけ？

「ところできみ、死にかけたこと、あるでしょ？」

唐突《とうとつ》に〈声〉は言った。

「死にかけたことなんか……」

言いかけて気がついた。ある。

僕が三歳のときだ。ちょうど三輪車に乗れるようになった僕は、母さんが目を離したすきに家を出て、走ってきたトラックに撥《は》ね飛ばされて、コンクリートの側壁《そくへき》に叩《たた》きつけられた。僕は病院に担《かつ》ぎ込まれて一週間意識が戻らなかった。僕を撥ねたトラックはそのまま走り去って、たまたま表に出てきた奈々《なな》さんが見つけてくれなかったら、その場に放置されたまま、手遅れになっていただろう。

もちろん僕は覚えていないし、誰かに教えてもらったわけでもない。ただ僕が十五の誕生日を迎えたときに、両親が夜中、こっそりと話していたのを聞いてしまっただけだ。

「あるのね？　たぶん、本当だったらきみはそこで死んでた。きみの運命はそこで一度、途切れた。でも、何があったかはわからないけど、運命は再び動き出した。きみはまた、生きることになった」

「あなた、誰なんですか！」

思わず僕は大声で言った。でも〈声〉はふふふ、と笑っただけだった。

「もしかしたら、もうじき会うこともあるかもしれないから、そのときのお楽しみにしておきましょう。それから」

一拍の間をおいて、〈声〉は相変わらず笑いを含んだままで言った。

「ノアの言うこと、全部信じちゃダメよ」

「え？」

突然電話が切れた。ツー、ツー、ツー、というパルス音だけが残る。

「こーへー、どうしたですか？」

「いや、ちょっと、里見《さとみ》に宿題のことで電話してて……」

いきなり顔をのぞかせたノアちゃんに、僕は反射的にウソをついていた。

ふうん、そうですか、とノアちゃんは首をかしげて、そのまま部屋を出て行った。

（ノアちゃんを信じるなって、どういう……？）

僕は呆然《ぼうぜん》としたまま、ただ握り締めた携帯《けいたい》電話を見つめていた。

⚙　⚙　⚙

翌朝、僕は普段より三十分早く起きて、家を出た。問題は山積しているけれど、でもまず、できることからやらないと。

ちはるに、制服を貸さないように、しっかり釘をさしておかねば。

ちはるの家のチャイムを押そうとして、ふと懐《なつ》かしい気分になる。小学生の頃はこうやって毎朝ちはるを迎えに来ていた。僕がチャイムを押すとランドセルを背負ったちはるがにこにこしながら出てくる。その次は二人で岩田《いわた》くんのところに行く。岩田くんは朝が弱くてなかなか起きてこれなくて、おばさんが「いつもごめんねえ」と言って、「早く支度しなさい！」と岩田くんを怒鳴ってて……。

でも岩田くんが転校して、僕たちも中学生になって、なんとなく別々に学校に行くようになった。

「あれ？　こーちゃん、どうしたの？」

僕が感慨《かんがい》を振り切ってチャイムを押すよりも一瞬《いっしゅん》早く、玄関が開いてちはるが顔を出した。

「いや、ノアちゃんに制服貸したろ？　学校来たらちょっと困るから……」

「あ、こーへー」

ちはるの後ろから、ノアちゃんが顔を出して、僕はまたコケた。すでに制服をきっちり着込んでいる。ウチの制服はグレーのブレザーにチェックのスカートという無難極《きわ》まりないもので、実際誰が着てもそこそこに見えると好評なのか不評なのかわからない評判を集めているのだが、ノアちゃんクラスの女の子が着るとやっぱりちがう。

って、感心してる場合じゃない。

「今日も学校、行きたいっていうから。ね？」

「はい。春野《はるの》ちはる、ありがとうです」

「いえいえ、どういたしまして」

「さ、こーへー、行きましょう。遅刻はいけません。遅刻をすると食パンをくわえて走る罰《ばっ》ゲームをやらされますよ」

二人は和《なご》やかなやりとりと共に、さっさと歩き始めた。完全に先を越されてしまった。

「そういえばこーちゃん、弟子入りの話、どうなった？」

「え？」

どきっとして思わずしどろもどろになってしまう。

「いや、あの、弟子入りって……」

「ノアちゃんがこーちゃんのおじさんに弟子入りしてパティシエの修業するって……。まさか、まだ連絡取ってないの？」

ちはるの声にうっすらと怒気が混じった。人助けモードに朝の低血圧とかはないらしい。

「ほら、そう！　ちょうど、父さんたち、移動中らしくて……」

しどろもどろだけど、これは本当。今、父さんと母さんはお菓子の見本市かなにかでヨーロッパの各国を移動していて、しかも二人ともモバイル機器なんか難しくて使えません！　ってタイプだから、僕からは連絡の取りようがない。

もちろん、取れたって取らないけど。

「ふうん……、でも早く連絡取ってあげてね」

ちはるは少々不満げな様子でそう言った。

いつの間にか、僕、ノアちゃん、ちはるの順番で、なんとなく横並びで歩いていた。昨日はどうだったとか日本の学校は楽しかったとか、ちはるがノアちゃんに話しかけていたがその話題が尽《つ》きてしまうと、なんとなく気まずい空気になる。僕とちはるは話すことなんてあまりないし、それにどうも昨日の電話が気になっていた。

（ノアの言うこと、全部信じちゃダメよ）

いったい、あれはどういう意味なんだろう。僕はなにかノアちゃんにだまされてるのか？　でも、ノアちゃんが僕をだましているようには思えないし、そもそも、僕なんかだまして得することなんてないだろうし。でも、もしソサエティというのが世界を正しくするんじゃなくて、その反対に導こうとしているんだったら……。

それにあの声。絶対に聞き覚えがある。落ち着いていて、でもちょっと甘い感じの……、誰だっけ？

「ところで、こーへーとちはるはどういう関係なのです？」

僕とちはるとを交互に見上げて、いきなりノアちゃんが言った。

「え？」

「関係って……」

僕とちはるは顔を見合わせる。改めて尋《たず》ねられると……。

「幼馴染《おさなじ》み、かな？」

やっぱりそういうことになるよな。

でも僕の言葉に、なぜかノアちゃんは、オウ！　と本格派外人声で応じた。

「オサナジミ！　それで家が向かい同士なんですね！」

「いや、順番的には逆だと思うんだけど」

僕のもっともな意見を物ともせずに、ノアちゃんはうなずきつつも、「こーへーが双子だったらよかったのに」とか「ちはるの家はどうしてキッサテンをやってないのでしょう」とか「犬は？　ちょっと愚《おろ》かで大きな犬はいないのですか？」などとぶつぶつ呟《つぶや》いている。

ノアちゃん、わかるけど、それちょっと古い。

しばらく首を捻《ひね》ったりしていたノアちゃんはやがて大きくうなずいた。

「とにかく、二人はこれから恋人になるんですね」

「え！」「え！」

ずっと一緒にいるっていうのはすごいもので、僕とちはるは同じタイミングで同じ声を上げてしまった。

「ノアちゃん、それは……」

「ち、ちがうちがう！　ちがうの、ノアちゃん‼」

幼馴染《おさななじ》みだからってみんながみんな恋人になるわけではない。そう説明しようとした僕をさえぎって、ちはるが珍《めずら》しく大きな声を上げた。ちはるの白い頬《ほお》がみるみる赤くなっていく。

「わ、私もこーちゃんのことは好きだけど！　い、いや、そうじゃなくて、ちがうの！　いや、あの、もちろん、好きっていってもそういう意味じゃないってことで、ほら、子供の頃から、いや、そうじゃなくって、あ！　そうだ！　わ、わ、わ、私、生徒会の仕事があったんだった！　急がないと、じゃ、さ、さ、先に行くね!!」

なにがなんだかわからないことを口走って、真っ赤になったちはるはぴゅ〜っと駆け出していった。

「ちはる、変ですねぇ」

きみには言われたくないだろうけど。

「ノアは今の会話をどのように報告すればいいのでしょうか」

「え？　報告って、ソサエティに？」

はい、とノアちゃんは元気にうなずいた。

「あのさ、まさかとは思うんだけど、もしかして僕の言ったこととか、やったこととか全部、報告するわけじゃないよね？」

「もちろんじゃないですか！」

ノアちゃんは力強くうなずいて、言った。

「こーへーの日常のすべてをしっかり監視するのがノアの仕事です！　お風呂に入ったらどこから体を洗うとか、どんな寝相でどんな寝言うとか、全部を観察しなければ！　そのために隠しカメラと小型マイクも取り寄せました。今日の午後に届く予定なので、帰ったらセットしないと」

「ちょ、ちょっと！」

「あ、でもこーへーは気にせずに、いつものように生活してください。影響《えいきょう》が出ると困りますから」

できるか。

「それぐらいしないと。なんのためにノアが弟子入りしていると思っているのです」

「いや、だから弟子にした覚えは……」

僕の言葉に、ノアちゃんは、ふ、と不敵《ふてき》な表情をして見せた。なんとなくわかってきたことだけど、仏頂面《ぶっちょうづら》にも仏頂面なりの表情の変化というのがあるもんだ。

「師匠《ししょう》というのは弟子のやる気を確かめるために、三回目までは断るんですね。それぐらい知っています。ノア、日本文化には詳《くわ》しいのです」

もう少しで弟子入りですね、さ、行きましょう。そのままノアちゃんはすたすた歩き始めた。

あの、落語家さんの弟子入りじゃないんだから。

「こーへー、遅刻です！　罰《ばつ》ゲームですよ！」

前を歩くノアちゃんが、大声で言った。

「それではこーへーは楽しくお勉強してください」

バスを降りたところでノアちゃんがそう言ったので正直、ちょっとほっとした。また教室の中までつれていけと言われるかと思ってどきどきしていたのだ。

バスを待ってるときも乗っているときも、周りの視線が痛かった。自分の学校の制服を着たすごい美少女がいたら、誰でも思わず見てしまうだろうし、ましてやその美少女が、どう見てもぱっとしない男と親しげに話していたら、そのぱっとしない男にライトな殺意を抱《いだ》いてもちっとも不思議じゃない。ホント、バスのあちこちから飛んでくる「なんでお前みたいなのが視線」をひしひしと感じた。今までそんな立場になったことはないからよくわからなかったけど、嫉妬《しっと》の視線ってすごいストレスだ。

「って、ノアちゃんはどうするの？」

「ノアは色々、やることがあります。では」

ノアちゃんは周囲の視線などものともせずに、そのままどこかへすたすたと歩いていった。

なんとなく釈然としなかったけど、僕はほうっと息を吐《は》いた。ノアちゃんとつりあうような背の高い運動神経抜群《ばつぐん》のイケメンならまだしも、僕みたいな地味な男子が、抜群の美少女と一緒に歩いていることだけでもずいぶんな心労になるものだ。

初体験のストレスを抱えつつ教室に入る。すでに登校していた何人かが宿題を写したり、メールしたり、仲のいい者同士でしゃべったり、思い思いの時間を過ごしている。

自分の席について、周りを見渡す。たった一日と半分ここにいなかっただけなのに、ものすごい違和感があった。

なんだかまるで違う景色みたいだ。

一昨日《おととい》、二時間目の体育でソフトボールの直撃《ちょくげき》を食らう前までなら不思議でもなんでもなかっただろう。だるいな～、と思いながら学校に来て、なんとなく授業を受けて、惰性《だせい》で部室でだらだらして、やることもない家に帰る。その繰り返しの毎日。不思議でもなんでもない。そんな感じで二年になって三年になって、ずっとそうやって毎日が続いていくもんだと思っていた。

でもこの一日半、冗談《じょうだん》のような非日常の津波を浴びてしまった僕にはもう、この毎日が、日常が不思議でならなかった。

突然目の前に現れた美少女に殺されかけたり、おかしな幻覚《げんかく》を見るようになったり、自分が運命を狂わす存在だと言われたり。それまでの自分がどういう気分でこの単調なルーティンを繰り返していたのかさっぱり思い出せない。

そんなことをもやもや考えながら鞄《かばん》から教科書を取り出して机の中に仕舞おうとして、指先になにかが触れた。僕は教科書なんかを置きっぱなしにすることはないから、机の中は空っぽのはず。忘れ物……？　と思いながらそれを取り出す。真っ白な横長の封筒《ふうとう》だ。封の部分にはピンク色のハートのシールが貼《は》ってある。

（………？）

嫌《いや》な予感と幸運の予感が同時にやってきた。昨日おとといの出来事を考えると、またしてもろくでもないことのきっかけかもしれない。ただ、悪いことがあればいいこともあるはず。これはもしかして、あの話に聞く、僕にはそんなこと起こらないだろうけど、起きたらいいなとずっと思っていた、「実は好きでした」みたいな手紙だったり……。

能天気な期待を抱きつつ、僕が封を開きかけたときだった。

「きゃあ！」

ガラスの砕ける派手な音、それから女の子の悲鳴が教室に響いた。

見ると、教室の一番前の窓が割れて、その横に女子生徒がしゃがみこんでいた。

「大丈夫⁉」

「怪我《けが》してない⁉」

みんながあわてて近寄って声をかける。まだ女の子は驚きの表情を浮かべたままだったけれど、でも友達の助けを借りて立ち上がった。どうやら、ただびっくりしただけで、どこも切ったりはしていないらしい。

見ると、窓ガラスが一枚、木っ端微塵《こっぱみじん》に砕けていた。

誰かが石でも投げつけたのか。ひどいことするやつがいるなあ、と思いながら、いつの間にか立ち上がっていた僕は再び椅子《いす》に腰を下ろした。

……で、なんだっけ。

そうだ！　封筒《ふうとう》だ、と再びわくわくしながら愛の告白の手紙と思《おぼ》しきものに手を伸ばした。

と、後ろからとんとん、と肩を叩《たた》かれた。

「ん？」

見上げると、そこには戸惑ったような、困ったような表情を浮かべたクラスメイトの吉田《よしだ》くんの顔があった。

「あのさ、野島《のじま》」

「なに？」

「そこ、俺の席なんだけど」

「え？」

僕は自分が座っている席を見た。僕の席は窓から二列目の、前から五番目。一、二、三、四、四。

「ああ！　ごめん！」

ボケてるにもほどがある。そりゃ、ちがう景色に見えるわけだ。

「大丈夫かよ、お前」

吉田くんは苦笑しながら、僕があわてて鞄《かばん》をどけるのを見守っている。

「そういやお前、鼻、大丈夫だった？」

わたわたと鞄に教科書を戻している僕に吉田くんが言う。

「あ、うん。大丈夫、大丈夫」

「そっか、良かった」

吉田くんが爽《さわ》やかな笑みを浮かべる。考えてみればそもそものきっかけになったソフトボール顔面直撃事件、問題の一投を放ったのがピッチャーをやっていた吉田くんだった。

「悪かったな、手が滑《すべ》って、変なとこ投げちゃって」

「いや、僕が鈍いから避《よ》けられなくて、あんなふうになっただけで……」

きっと、席をまちがえた僕に気を遣わせまいとそんな話をしてくれてるんだろう。いい人だな。きっとこういういい人が、誰か女の子に告白される資格があるんだろうな。そんなこと考えつつ冷や汗をかきながら、僕はそっと机の中に封筒を戻した。

◎

◎

◎

しかし、今日はどうやらホントにいつにもましてボケているらしい。移動教室では行き先をまちがえ、階段からは転げ落ちそうになり、先生に当てられれば変な答えを言ってしまい、もう散々な午前中だった。

午後からはちょっとは、ちゃんとしないと。

そんなことを考えていた午前中最後の、四時間目の数学の授業中だった。その存在意義からしてわからない幾何《きか》の授業を理解する努力を放棄《ほうき》した僕は飽きるほど窓の外ばっかり見てて、だからこそそれに気がついた。

向かい合わせに建っている新校舎の屋上で、なにかがきらりと光った。

(なんだ……?)

もともと、視力だけは悪くない。じっと目を細めて、光の正体を理解したとき、僕は頭を抱《かか》えたくなった。

じりじりする気持ちで授業終了のチャイムを待ってから、教室を飛び出す。

そのまま向かいの新校舎に駆け込んで、購買部や学食に向かう生徒の群れの中を逆流しながら階段を駆け上がり、屋上の扉を開いた。

「なにやってんの!」

「なにって観察に決まってるじゃないですか」

屋上に腹ばいになったままのノアちゃんはごっつい双眼鏡《そうがんきょう》を下ろして、事も無げに言った。

「観察って……」

「さ、ノアのことは気にせずに、教室に戻って存分に学生生活に猪突猛進《ちょとつもうしん》してください」

悪質なストーカー被害《ひがい》にあった人って、こういう気持ちになるのかもしれない。ＴＶでそういうニュースを見るたびに、「無視してりゃいいだけじゃん」って思ってた過去のおろかな僕よ、さらば。

ノアちゃんは腹ばいの体勢から起き上がって、コンクリートの上にぺたんと座った。周囲には、いつも使っているタブレットＰＣや携帯《けいたい》電話、無線機、それになにに使うのかわからないけれども画面にちかちかとした光点を明滅《めいめつ》させている機械。カロリーメイトのような、携行用の食品のようなものまであった。

「……もしかして、ずっとここにいたの？」

「ずっとじゃありません。師匠《ししょう》が音楽室と美術室をまちがえたのも、体育館の横の階段ですってんころりんして手すりにしがみついてたのも、トイレの蛇口閉め忘れたのも、全部知ってます」

尾行《びこう》されてたのか……。

すっかり力が抜けてしまって、思わず座り込んでしまった僕の目に、またしても最近すっかりお馴染《なじ》みになってしまった例のものが飛び込んできた。今回のは、すごく細くて、長い。

「ノ、ノアちゃん、これは、えっと……」

「これですか？　これはＨ＆Ｋ　ＰＳＧ－１といいます」

そんな専門的なこと言われても困るけど、それって要するに。

「ライフル？」

「はい」

「ダメでしょ！　学校の中にそんなもの持ち込んだら！」

根本的にポイントがずれていることは自覚しつつ、でも大声で言った。

「大丈夫です。ゴム弾《だん》しか持って来てないです」

もしかして、最近の僕のズレ具合やボケ具合はこの子に影響《えいきょう》されているのかもしれない、と思ったとき、不意に閃《ひらめ》いた。

「あ！　もしかして朝のガラス、ノアちゃんがやったの⁉　なんであんなことしたの！　もし誰かが怪我《けが》でもしたら……」

でも僕の抗議に、ノアちゃんは、ふっと息を吐《は》いて、やれやれというように肩をすくめた。

「こーへー、他のは見過ごせても、あれはダメです」

「え？」

あれはダメって、なに？　ライフルなんかで校舎の窓ガラス粉々にした人に、ダメって言われるようなこと、した覚えは……。

「自分の席をまちがえて、他の人宛《あ》てのラブレター、読もうとしました。もしあの手紙が本人の手に渡らなかったら、大変なことになってたです。本部の連絡がもう少し遅かったらと思うと、ソッとします」

濁点《だくてん》が抜けるだけで、君は一体どうしたいんだという感じになるなと思いつつ、僕は尋《たず》ねた。

「大変なことって？」

「そんなこと言えないです。ソサエティの工作員は、他人の運命を口に出すことは禁止されているです。でも、もし、あのラブレターが本人の手に渡らなかったら、今後二十五年間で最大一万二千四十三人の運命に影響するところでした」

「ホントに……？」

ノアちゃんの言葉を疑ったわけじゃないけど、あんまり数字が大きくて、現実感が湧《わ》かない。っていうか、あのラブレター、なにが書いてあったんだ。そんなものを受け取った吉田《よしだ》くんは大丈夫なんだろうか。

「あ、そんなに深刻な顔、しないでください」

珍《めずら》しく僕に気を遣ったのか、ノアちゃんが言う。優しいところもあるんだな、と思いかけた僕の気持ちは、しかし直後に霧散《むさん》した。

「だって、師匠《ししょう》、もう午前中だけでたくさんの人の運命を変えてしまってますから」

「え？」

な、なんで？　僕はただ、普通に学校で授業受けてただけなんだけど……。

「師匠が教室をまちがえたり、なにもないところで転んだり、とんちんかんなことを言ったおかげで、運命が変わった人がたくさんいるです。その人の運命が変わったおかげで、また運命が変わった人もたくさんいて、まったく違う運命をたどることになる人もいるです」

……ホントですか。

僕に教室をまちがえたり、転んだりするなというのは、外に出るなということに等しい。明日から僕、部屋で引きこもろうかな……。この世界で暮らす平和なみなさんの幸せのためには、僕なんか表に出ちゃいけないのかも……。

でもノアちゃんは、僕の落ち込みなんかには気付かずに、しかもどこかしら満足そうに、うんうんとうなずいている。

「さすが、ノアの師匠《ししょう》さんのイレギュラです。ノアももっと頑張《がんば》って観察しないと！　ささ、早く教室に戻ってください。ノア、ここからじいっと見てますから」

「え⁉」

それは困る。非常に、困る。そうでなくてもこんな話を聞かされて、どうしたらいいのかわからなくなってるのに、その上、四六時中監視なんかされたら、気が変になるか、胃に穴が開くか、ハゲるか、またはその全部だ。

「あの……、ノアちゃん、ちょっと話し合いましょう」

僕はノアちゃんを促《うなが》して、屋上の端《はし》の石段に腰を下ろした。

「ノアちゃんとしては、僕を観察できれば、いいんだよね？」

ノアちゃんは、こくんとうなずく。

「……仕方ない」

僕は断腸《だんちょう》の思いで言った。

「わかりました。ノアちゃんを弟子にします」

僕の言葉を聞いてノアちゃんの大きな目がさらに大きくなった。

「本当ですか！」

「本当です。ただし」

ノアちゃんの目を見て、僕は言った。

「ノアちゃんは僕が学校から帰るまでお家《うち》でおとなしく待ってること。それとのぞきは禁止。隠《かく》しカメラも小型マイクもなし。これは師匠の命令です」

「えー」

「えー、じゃないでしょ。えー、じゃ。それに、師匠の言うことは聞くものです」

「学校にもこっそり来ますから。目立たないようにこそこそと。カメラもマイクもきちんと隠しますから、わからないように」

そういう問題じゃない。

「だってノアちゃんは普段通りの僕を観察したいんでしょ？　絶対気になるもん。絶対、普段どおりなんて無理だよ。もちろん、学校から帰ってきたら、今日はなにがあったかとか話すから。ほら、そうしたらこんなところに一日いなくてもいいでしょう？」

ノアちゃんは腕を組んで、うーん、と首を捻《ひね》る。たぶん今のまま僕に付きまとって観察するのがいいか、それとも僕のいう条件を飲んだほうがいいか、どっちが得か考えてるのだろう。

仕方ない、と僕は最後の切り札を出すことにした。

「ノアちゃんが家にいたら、僕もお菓子とか作る意欲が湧《わ》いてくると思うんだよねえ」

「むっ！」

ノアちゃんが短い声で唸《うな》った。眉《まゆ》の間に皺《しわ》を寄せて、難しい顔をして額《ひたい》の真ん中に指を当てる。ものすごい美人がそんな仕草をしているとどんな深刻な事態が発生しているのかという感じだけど、ノアちゃんの頭の中には、カラフルなマカロンや、バターの香り漂《ただよ》うマドレーヌや、クリームたっぷりのエクレアが飛び交っていることは、すぐにわかった。

「わかりました」

ノアちゃんはにまにま笑いを無理やりに押し殺したような顔でそう言うと、今度は急にぴょこんと正座になった。指を三本揃《そろ》えてひざの上にちょこんと乗せる。

「ふつつかなお弟子さんですが、よろしくお願いします」

そう言って、深々とお辞儀をする。

「あ、こちらこそ、ふつつかな師匠《ししょう》ですが」

思わずつられて、僕も正座になって頭を下げる。弟子を取ったことはないのでよく知らないけど、弟子入りの挨拶《あいさつ》ってこんなんなんだろうか？

「それから」

僕の困惑など気にもせず、ノアちゃんは頭を上げて、指を一本立てる。

「ひとつお願い、あるです」

「なに？」

ノアちゃんは、目だけでちょっと笑った。

「ときどきでいいので、学校に来てもいいですか？」

「えー、学校、来たいの？」

ノアちゃんはなんだかやけに素直に、うん、とうなずいた。

こういうときだけ、そんなに素直になるのはずるい、と思いながら迷っている僕を、ノアちゃんは大きな目をぱっちりと開いて見守っている。

……まあ、ここでダメ！　とか言ってへそを曲げられてしまったら元も子もないしな。

「……本当に、ときどき、だよ？」

僕の言葉を聞いて、いいお返事です、というようにノアちゃんは大きくうなずいて、ようやく立ち上がった。

「さ、師匠、早く戻らないと、お昼食べ損《そこ》ねますよ。行って、行って！」

ノアちゃんはまるで犬でも追い払うように、手をひらひらさせた。

その姿を見つつ、そしてその指示にあっさり従いそうになりつつ、思った。

どっちが師匠かわかったものじゃない。

◎　◎　◎

「なんでみんな、親切なんでしょう。日本の高校生はみんな親切ですか？」

学校からの帰り道、ノアちゃんは首を捻《ひね》って言う。ノアちゃんも僕も、両手には大きな紙袋を提《さ》げていた。

結局僕は、またしても早退してしまった。ノアちゃんをとりあえず部室に置いて一旦は教室に戻ったのだけど、どうもノアちゃんが校内にいると思うだけで落ち着かなくて、結局昼休みの終わりを待たず、帰ってきてしまった。

帰る前にノアちゃんを迎えにいった部室には丹沢《たんざわ》さんと、三年の女子の佐川《さがわ》さんがいた。

「あなたがノアちゃん？」

「文研の良心」と呼ばれる佐川さんは丹沢さんと違ってかなりまともな人で、別に美術部の部長も務めたりしていたのだが、そういう人がなんでこんなところに出入りしているのかは、いまひとつ謎《なぞ》だ。

「ノアちゃん、もう日本は色々見て回った？　どこか行きたいところあったら、案内させてね？」

にこにこと笑いながら、佐川さんが言う。「案内してあげる」ではなく「案内させて」というところに佐川さんの品のよさを見た気がする。

「いいですよ、そんな。先輩《せんぱい》、受験生なんだし」

僕はあわてて口を挟《はさ》んだのだが、

「いいのよ。たまには気分転換しないと。野島《のじま》くんが案内してあげてるんだろうけど、女の子同士のほうが入りやすい場所とか、あるでしょ」

佐川さんはにこやかに笑って言った。

いい人だなあ。

「野島、寄ったんだったらあれ、持ってけ」

ソファで寝転んでいた丹沢さんが顎《あご》で部室の隅《すみ》に置かれた机を示す。

「なんです、これ？」

僕は机に積み上げられたものを見て、啞然《あぜん》となった。五十冊近いマンガ本、それに雑誌類。

「ノアちゃんが読みたがってたからって、里見《さとみ》と大竹《おおたけ》が置いてったんだよ。あと唐島《からしま》も」

唐島さんは二年の女子で、メインは演劇部の活動だが、たまに文研にも顔を出している人だ。

「わあ！」

ノアちゃんの目には僕のお菓子を食べたときと似た色が浮かんでいた。

「ノア、これ読みたかったです！」

「それにこれは俺からだ」

丹沢さんが立ち上がって、大きなコンビニの袋を手渡す。

「我々の歓迎のしるしだと思ってもらいたい」

手渡された袋にみっちりと詰まっていたのは日本の銘菓《めいか》、うまい棒。歓迎のしるしにうまい棒……。やっぱり、変わってるな、この人は。

それも一本一本、種類が違うし。

「こんなのあるんだ……」

僕は「オムライス味」「宇都宮餃子味《うつのみやギョーザあじ》」「きんぴらごぼう味」と書かれたものを手にとって、思わず感心してしまった。これだけ集めるの、大変だったろうな。

佐川《さがわ》さんも里見《さとみ》も大竹《おおたけ》も唐島《からしま》さんも、そして丹沢《たんざわ》さんも、皆それぞれちょっと変わってはいるけど、いい人なんだ、と僕は再認識した……。

などと、そんなことがあった帰り道なんだけど。

「なんでみんな、親切してくれるですか？」

真剣な顔で言う。なんだか納得《なっとく》がいかないといった口ぶりだ。

「なんでって言われても困るんだけど……」

そんなことをマジメに聞かれると思っていなかったので返答に困った。

ちなみに僕たちが歩いているのは、僕とノアちゃんが初めて出会った、あの国道沿いの道だ。ノアちゃんが爆破《ばくは》したコンビニのあった場所はもう工事用の灰色のシートですっぽりと覆《おお》われていた。しかしノアちゃんは、自分がやったことなどすっかり忘れたように、ただただ首を捻《ひね》って悩んでいる。

「それは……、やっぱりみんな、ノアちゃんのことが好きだからじゃない？」

僕も考えながら、言った。

「どうしてです？」

「え？」

「ノアは特に、なにも好かれるようなことしてないです」

「ええっと……。別に理由はないと思うんだけど……。なにかしたから好きになるってわけじゃないだろうし……」

うむむ、とノアちゃんは唸《うな》り声を上げる。

「《センター》で習ったこととちがいますね……」

「センターって？」

「センターはソサエティのひとの学校です。ノアは一歳のときからセンターで勉強しました。外国語とか格闘技《かくとうぎ》とか射撃《しゃげき》とか」

「一歳？」

一歳児に射撃って……。

「他にもいろんな国の言葉とか文化を勉強します。こうしたら相手に好かれるとか信頼されるとか、そういう授業もあります」

さすが秘密組織の工作員。勉強することもいかにもそれっぽいな……、と考えていて、ふと気がついた。

「ねえ、ノアちゃんって、いつからソサエティにいるの？　家族の人は？　お父さんとかお母さんは？」

「ノアはソサエティで生まれたです。お父さんとお母さんもいます。あまり会ったこと、ありませんけど」

あまり会ったことないって……。

「寂《さび》しくないの？」

「寂しい？」

ノアちゃんは、それが生まれて初めて耳にした単語だったみたいに、きょとんとした顔になった。

「寂しくないです。ソサエティのひと、たくさんいますから」

「いや、でも、家族と離れ離れだったら……」

「ソサエティのひと、みんなソサエティで生まれたひと、ばっかりです。ノアのパパとママもソサエティのひとで、センターのひともみんな小さいころから一緒だから、家族と同じです。ノアにいろいろなことを教えてくれたお兄ちゃんみたいなひとも、お姉ちゃんみたいなひともいます。家族たくさんいたら、寂しくないです」

「そうなんだ……」

僕たちの隣をトラックがごおお……、と大きな音を立てて抜き去っていく。たくさんの車やバイクが後ろにも前にも列《つら》なっている。歩道にはネクタイを締《し》めたサラリーマンや、ベビーカーを押している若いお母さん、ちょうど下校の時間らしく、ランドセルを背負った小学生の集団もいる。

つまりいつもの、ごくごく普通の、日常。

その日常の中、僕は複雑な気分だった。僕の隣を歩く、細くて小さくてきれいな女の子。彼女の日常は、僕とは全然ちがう。

僕には今でこそ留守がちだけど、小さい頃から両親がいて、たぶん、普通に愛されて大きくなった。向かいの家にはすっかり家族みたいなちはるの一家がいて、学校に行けば友達もいて、そういうの、当たり前だと思ってた。でももし、生まれてすぐにそんな人たちと引き離されて育ったら、どう思うんだろう？　まわりに同じような人がいたら、やっぱり寂しくないのかな？

「ノア、今日、学校では好かれるためのテクニックとか、そういうこと、使いませんでした。

それでも、みんな親切でした」

ノアちゃんはまだ、形のいい眉《まゆ》の間に皺《しわ》を寄せて、難しい顔で考え込んでいる。

「友達って、そういうものじゃないかな」

「友達、ですか？」

「そう」

「誰と誰が？」

「いや、だから、ノアちゃんと、文研の、みんな」

どういうわけだか、ノアちゃんは、ん？　と小首を傾《かし》げたあと、口の中で、ノアと、みなさん、ともだち、と呟《つぶや》いて、

「ノアはみなさんと、友達になったですか！」

驚いたように目を見張った。

「え？　なに？　ちがうの？」

なにをそんなにびっくりしているのか、ノアちゃんは立ち止まってあんぐり口を開けていた。

「ちょ、ちょっと、ノアちゃん、大丈夫？」

「は！　いえいえ、今まで友達というものがいなかったので。ははあ、これがあの有名な友達というものですか」

今度は僕が口を開けて、立ち止まる番だった。

「友達、いなかったの？」

「はい」

なにを当たり前のことを、という目で僕を見る。

「ひ、ひとりも？」

「はい。ひとりも」

「ソサエティの中でよく一緒にいる人とか、そういう人と自然に友達になったりしない？」

「しません。ほとんどのひとは一度きりしか会わないし、それに家族と友達にはなりません」

きっぱりとノアちゃんは言い切った。

「ノアちゃん、センターのときの同級生とかは？」

「ソサエティのひと、いろんな場所でいろんな仕事をしています。任務によって名前も、年齢も変わること、あります。だから連絡、取れなくなります」

「え、待って。じゃ、ノアっていう名前は？　ホントはいくつなの？」

「ノアは本当の名前です。歳はよくわかりません。仕事するとき、重要じゃないので。たぶん、こーへーよりは年下だと思います」

「まあ、そうだろうね」

ノアちゃんは僕よりずいぶん背が低いし、美人ではあるけれども、どこかに幼さもある。十五歳より上ってことはないだろう。

「それはさておき、師匠《ししょう》。友達って、そんな簡単になるものなんでしょうか？」

ノアちゃんは相変わらずのマジメな顔のままで尋《たず》ねた。

また難問だな。

しばらく二人で考え込みながら歩いていると、背後からばりばりばり！　とすさまじい音が響いてきた。

思わず振り返った僕の目の前を、五、六台のバイクが轟音《ごうおん》だけを残して通り過ぎて行く。

「あれ……？」

先頭を走る、白いモビルスーツを思わせる大型バイクにまたがる男に、一瞬《いっしゅん》だけ僕が目を留めたとき、後ろから再びバイクの大群がやってきた。さっきよりも全然数が多い。十台は軽くいるだろう。

どれも二人乗りで、後ろに乗っている連中は物騒なことに金属バットや鉄パイプみたいなものを振りかざして奇声を上げていた。「待て、コラ！」「ぶっ殺すぞ！」という声が聞こえて、どうやら先に走っていった一団を、後から来たのが追いかけているらしいことがわかった。

すべてのバイクが通り過ぎて、

「本当に追いかけたいのなら二人乗りだと遅くなります」

妙《みょう》に冷静なノアちゃんのコメントも、だけど僕の耳には入っていなかった。

僕の頭の中には、先頭を走っていたバイクの男、金色に染めた髪を首の後ろに垂らして、鉄《てっ》兜《かぶと》のようなヘルメットをだらしなく引っ掛けた男の横顔が延々とリプレイされていた。

「岩田《いわた》くん……？」

それは僕のかつての「友達」だった。


しゃかしゃかしゃか、と軽快な音とともにボウルの中でバターと卵と砂糖《さとう》が融《と》けあって、なんともきれいなクリーム色になっていく。機械を使えば簡単で楽だけど、僕はこうやって手を動かすのが好きだ。まったく混じり合わなかったもの同士が自分の力で別のものに変わっていくのを見ているのも好きだし、なによりも自分が機械になったみたいに一心不乱に泡立《あわだ》て器《き》を使っていると嫌《いや》なことや余計なことを考えずに済む。

だけど、今日はダメだった。

さっき、何年ぶりかで見た岩田くんの横顔が頭から離れない。

岩田くんと最後に言葉を交わしたのは、小学校六年の冬。

僕と岩田くんは同じクラスで、確かちはるだけは別のクラスだった。

その日の前後、ちはるはインフルエンザに罹《かか》ってしばらく学校を休んでいて、おまけに岩田くんとは前の日になにかつまらない喧嘩《けんか》をしていた。岩田くんとは中学は別々のところに行くことが決まっていたから、もうちょっとであんまり会えなくなるっていうのに、喧嘩《けんか》なんかしてる場合じゃないよな。どうやって仲直りしたらいいかな、そんなことを考えてた。

事件が起きたのは給食を食べ終わってすぐの五時間目のことだった。そのときになると僕らはすっかりいつもの調子に戻ってくだらない話をして盛り上がっていた。

「こーへー、俺またあれ食いたい。あのキャラメル味で、でっかくて、みんなで分けて食うやつ」

「えっと、クレーム・ランベルセ?」

「クレ……、なに?」

「クレーム・ランベルセ」

クレーム・ランベルセは父さんの作る定番のお菓子のひとつで、要するにプリンなんだけど、家ではみんなで食べられるようにものすごく大きな器《うつわ》を使って作っていた。ちはるや岩田《いわた》くんが遊びに来るときは、しょっちゅうそれが冷蔵庫に置いてあったし、僕が見よう見まねで作ったこともあった。

「覚えにくいなあ。まあいいや、なんでもいいけど、それ、食いたい」

「いいよ、父さんに頼んで作ってもらうよ」

「こーへー作ってよ。俺さあ、こーへーの作ったやつ好きなんだよね」

「いいけど、父さんの作ったのが絶対美味《うま》いよ。プロだし」

「そっかあ？　俺、こーへーが作ったの、なんか美味いんだよなあ」
僕は友達にほめられたのがうれしくて、でもなんだかくすぐったくて、照れ隠《かく》しに笑ってた
気がする。もっとちゃんと、喜んでおけばよかったのに。
「岩田ッ！」
教室の扉が乱暴に開いて、怒声が響いた。そこには、田所《たどころ》先生が顔を真っ赤にして仁王立《におうだ》
ちしていた。
田所先生は四年生のときの担任で、思い込みと生徒の好き嫌いが激しく、なにかあるとすぐ
に大きな声で怒鳴るこの先生が、僕はとても苦手だった。
「さっさと出せ！　早く！」
「出す？　なにを？」
岩田くんがきょとんとした顔で答える。こんな怖い顔をした大人を前にしても、十二歳の岩
田くんは冷静そのものだった。でも僕は、本気で怒っている先生の真っ赤な顔を見るだけで震
えが止まらなかった。
ちょっとこっち来い！　と怒鳴って田所先生は岩田くんの腕を掴《つか》み、教室から連れ出した。
「さっきな、三組が移動教室の時間、空いていた教室から財布がなくなったんだよ！　お前は
体育だったよな？　それでお前が授業を抜け出して、三組の教室に入っていくのを見た生徒が
おるんだ。さあ、正直に言って財布を返しなさい！」

僕があわてて後を追いかけた階段の踊《おど》り場では、先生が岩田《いわた》くんを怒鳴りつけていた。

「そんなの、知らねえーよー。さっき体育の授業中トイレ行ったけどさー。三組の教室なんか入ってねーもん」

岩田くんの言ってることは本当だ。だって、トイレになんて行きたくない僕まで、「ひとりで行くのさみしいから」という理由で引っ張っていかれたから。でも、そんなことがなくても、わかっていた。岩田くんが人の財布を盗んだり、絶対そんなことをするはずがない。

「財布を盗んだりするやつは、お前に決まってる！　大体お前の家は……」

岩田くんの態度でさらに頭に血が上った田所《たどころ》先生はそこまで言って、でも気まずそうに口をつぐんだ。

今の今までにやにや笑いすら浮かんでいた岩田くんの顔から、表情と血の気が同時に消えた。三年生の夏、岩田くんのお父さんはいなくなった。ある日突然、いなくなった。岩田くんのお母さんが捜索願《そうさくねがい》を出してしばらくすると、お父さんの勤めていた会社の口座から数千万円のお金が消えていることがわかった。

「父さんは絶対に、人のお金を盗《と》ったりしない。必ず帰ってくるんだ」

結局岩田くんのお母さんは家を売ってお金を返すことにした。引越しの前の日に、岩田くんは僕とちはるを前にして呪文《じゅもん》のように無感情にそう呟《つぶや》いていた。

「人のものを盗るなんて、最低なことは絶対しないんだ」

岩田くんはそのときと同じ顔をして、ただじっと田所先生をにらみつけていた。

「お前が正直に言えば、許してやると言ってるんだ。魔がさすっていうことは、誰にでもあるんだ。だから正直に言って財布を返せば……」

岩田くんは田所先生の言うことがまったく耳に入っていないようだった。ただ青白い顔とぎらぎら光る目で先生をじっと見つめていた。もしかしたら、岩田くんがにらみつけているところが次第に黒く炭化して、煙を上げて、燃え上がって……、本気でそう思わせる怖い目だった。

突然、岩田くんが、がん！　と壁を蹴《け》りつけた。

田所先生は思わずぎょっとして飛び上がり、物陰にいた僕も、同じように飛び上がった。

「な、なんだ、その態度は！　黙ってないでなんとか言え！」

田所先生がひっくり返った声で叫んだ。

僕は、隠れていた階段の陰から飛び出そうとしていた。岩田くんがトイレに行ったとき、僕も一緒でした。なにも盗んでいないこと、僕が証明できます。そう言うつもりだった。

でも、できなかった。怖かった。行かなきゃ、行かなきゃ、行かなきゃ。そう思えば思うほど、身体も心も細かく震えて冷たくなっていった。じっと階段の手すりを握りしめ、床の木目を見つめたまま、僕は動けなかった。振り絞《しぼ》る勇気も、僕の身体の中には一滴《いってき》もなかった。

「ちょ、ちょっと何事ですか！」

ちょうどそのとき、岩田くんたちの脇《わき》を僕らの担任の宇野《うの》先生が通りかかった。いい先生でも悪い先生でもない、普通の先生だ。だけどこのときは、いきり立つ田所《たどころ》先生をなだめて事情を聞き、とりあえず岩田《いわた》くんは教室に返して、あとは授業が終わってから、というきちんとした判断をしてくれた。

そして僕は、ただ震えながら、じっとそのやりとりを聞いていた。

しばらくして教室に戻ると、岩田くんの姿はなかった。鞄《かばん》もなかった。きっと家に帰ってしまったのかもしれない。

次の日、学校に行った僕に、岩田くんはおう！　と笑顔を向けてくれたけど、僕にはそんな普通のことができなかった。

昨日のこと謝らなきゃ。僕が話せばきっと誤解は解けたはずで、僕が黙《だま》って階段の陰で震えてたおかげで岩田くんはすごくいやな思いをしたんだ。だから謝らなきゃ。

でも、できなかった。

階段の陰から飛び出していく勇気もなかった僕には、昨日ごめんって言う勇気も、なかった。

岩田くんはあれこれ話しかけてきたけど、曖昧《あいまい》な返事しかできない僕の様子を見て、そのうちに離れて行った。

僕はその日、熱を出して寝込んだ。ちはるの見舞いに行ったときに、インフルエンザをもらって帰ってきたらしい。罪悪感もウイルスの味方をしたのか、具合はどんどん悪くなって、ついには肺炎をこじらせて十日間入院した。その間、ちはるも岩田くんも見舞いにはこなかった。

病《や》み上がりのちはるは当然だし、きっと岩田くんはあきれて僕に愛想を尽《つ》かしたんだろう。

やっと病院から解放されて、学校に行けるようになったときにはもう遅かった。岩田くんとは前のように話せなくなっていた。岩田くんの顔を見るたびに、罪悪感がどすんと根を生やしたように胸の中に固まっていた。

僕たちはあまり言葉を交わすこともないまま、小学校を卒業した。岩田くんは別の中学校に行って、会うこともなくなった。

気がついたら手が止まっていた。

目の前のボウルの中には、かき混ぜすぎて泡立って硬く、生温くなった生地がべっとり溜《た》まっていた。

こうなったらどうしようもない。ふんわりした、口の中で溶けていくようなものはできない。タイミングを逃がしてしまうと、どうしようもなくなるんだ。

「あっ！」

ダイニングの入り口で高い声がした。見ると、ノアちゃんがぱたぱたぱた！　とものすごい勢いで駆け寄ってくるところだった。

「師匠《ししょう》、なに作るです⁉　お菓子ですか⁉」

ノアちゃんは尻尾《しっぽ》すら振りかねない猛烈《もうれつ》な勢いで言った。目がきらきらして、顔にはほわんとした陶酔の色が漂《ただよ》いつつある。と、その顔に不審気なものが浮かんだ。

「師匠、どうかしたですか？　元気ないです」

「ううん、なんでもない。ちょっと失敗しちゃって」

「そうですか、師匠のお菓子はおいしいですから、ノア、好きです」

僕と目があうと、ノアちゃんはなぜか厳粛《げんしゅく》な感じで言った。

「さあ、作り直し。ノアちゃんはなに食べたい？」

僕はボウルを流しに置いた。

もうどうしようもない。だって一度逃したタイミングは、どれほど後悔したって、二度と戻ってこないのだから。

第三章　もういいじゃん

「さて、ノアも無事に弟子入りしたところで、そろそろ教えてもらってもいいころだと思います」

ノアちゃんがそんなことを言い出したのは、夕食を食べ終わって、テレビを眺《なが》めながらケーキを前にしてくつろぐという、なんというか家族ごっこみたいなことをやっていたときだった。

ノアちゃんは〝弟子〟として家の客間を占拠《せんきょ》して、着々と生活に馴染《なじ》み始めていた。家でごろごろテレビを見たり、ちはるの家に遊びに行ったり、たまに学校に来ては部室でマンガを読んだり。

この前は、佐川《さがわ》さんに連れ出されて、一緒に買い物に出かけたりもしていた。そのときはふりふりの服を着せられて、いつもに輪をかけた仏頂面《ぶっちょうづら》で帰ってきたけど、でも僕は、ノアちゃんがときどきこっそりその服を着て、鏡の前でポーズを取っていることを知っている。

ときどき、例の「さがさないでください」の置き手紙を残して出かけて、泥だらけになって帰ってくることもある。「なにしてるの？」って聞いたら、射撃《しゃげき》や格闘技《かくとうぎ》のトレーニングだと教えてくれた。しかし、洗濯機の水を二回も変えないといけないぐらい泥まみれになるって、どんなトレーニングなんだろうか。

「教えるって……、なにを？」

僕は首を捻《ひね》りつつ尋《たず》ねた。確かに日本語の使い方をまちがえているフシはあるとはいえ、ノアちゃんは「弟子」なわけだから師匠《ししょう》からなにかを教わるということには、なんの問題もない。ただ、何度も言うようだけど、僕には教えることがひとつもない。

「見て盗むというのが日本の伝統的な方法だということは知っていますが、この一週間、穴があったら入りたいほど師匠のことを見つめても、やっぱりわかりません」

ノアちゃんは目の前の柿《かき》のタルトを凝視したまま、結局なにをどうしたいのかさっぱりわからないことを口にした。切り分けて皿に載せ、ノアちゃんの前に押しやると、「食べていい？」という目でじっと見つめる。

どうぞ、と僕が手で示すと、フォークもナイフも使わずに、手で持ち上げてぱくりと一口かじって、いつものほわわ～んとした陶酔の表情を浮かべた。なんか、弟子っていうより、可愛《かわい》い小動物を飼ってる気分だ。

「で、わからないって、なにが？」

タルトを半ホール平らげて、ようやくノアちゃんが落ち着いた頃、尋ねた。

「だから、師匠がなんでノアよりも強いかです」

ノアちゃんは、ラップを掛けられた残り半分が仕舞われた冷蔵庫に名残惜《なごりお》しげな視線を送りながら、そんなことを言った。

「強いって……、ノアちゃんのほうが僕より全然、強いでしょ」

「だって、ノア、師匠に一度、気絶させられました」

そうか。最初に会ったときのことを言ってるんだな。でもノアちゃん、まだちょびっとだけだけど、恨みがましい目つきで僕を見るのは、そろそろ止《や》めて欲しい。

「あれはだから……」

少し迷ったけれど、結局、僕は僕自身が直前に見た、奇妙《きみょう》な映像のことを話すことにした。どうも少しだけ先のことが見えているらしいこと。そのおかげで、ノアちゃんの銃撃《じゅうげき》やキックやパンチを避けられたこと。もちろん、きっかけが麻奈美《まなみ》先生のおっぱいだったってことは省いてだけど。

「それは予知能力ということでしょうか？」

意外なことに、ノアちゃんは僕の話を聞いて、あっさりと言った。

「まさかとは思うんだけど……、ってノアちゃん、信じるの？」

ええ、と事も無げにノアちゃんはうなずく。

冗談《じょうだん》はやめてください！　とかなんとか、怒られるかと思ったんだけど。

「そういう能力を持ったひとたちも、ソサエティにいるです」

ノアちゃんはごくごく、普通の顔をしている。

「そ、そうなの？」

どうもこの子と一緒にいると、僕の中の〝普通〟がどんどん壊れていきそうだ。確かに、人の運命を読むっていうのも、未来が見えるってことと同じだけど、でもそんなあっさりと。

「それにしても、ソサエティっていろんな人がいるんだね」

僕の言葉に、ノアちゃんはなんだか、自慢《じまん》げな顔をする。

「世界を正しい方向に導くというのは大変な仕事です。そのためには色んな才能のあるひと、必要です。例えばこのひととか」

ノアちゃんはつけっぱなしのテレビに目を向けた。ちょうどアメリカの中間選挙がどうのというニュースをやっていて、がっしりとした体格の上院議員がなにやら演説をしている。

「このひとも、ソサエティのひとです」

「ホントに？」

「あと、このひとも」

ノアちゃんはぱちぱちと変えていたチャンネルを止めて、また画面を指さす。今度は歌番組だ。

「このひとは極東《きょくとう》支部でもけっこうえらいひとです」

テレビの中で歌っているのは大御所と言われるベテランの演歌歌手。

「それからこのひとも、このひとも」
手近にあった新聞や雑誌を手にとってめくりつつ、次々と目の前に示される写真を見ている
うちに、くらくらしてきた。そんなに何人も、ソサエティの工作員っているの？　っていうか、
秘密組織の工作員って、そんなにほいほい顔出ししてて、いいわけ？
「政治家とかタレントとかスポーツ選手とかのひとは、影響力《えいきょうりょく》、あります。そうやって大き
なところから世界を良くするのも、ソサエティの仕事なのです」
「そうかあ……」
ソサエティって、なんだか少人数の人たちがこっそり活動してるってイメージだったけど、
僕が考えていたよりも、全然大きな組織だったんだ。
「そんなことより、師匠《ししょう》の予知能力です。師匠はどれぐらい先のことまでわかるですか？」
「どれぐらい先って……」
僕は保健室でのことや、ノアちゃんに撃たれたときのことを思い返してみた。確か……。
「一分とちょっと、ぐらい？」
「一分⁉」
ノアちゃんは高い声を上げて目を見張った。
もしかして、それってすごいことなんだろうか。感心してくれたのか。僕はちょっと自慢げ
な気持ちで、照れながらうなずいた。

「うん、たぶんそれぐらい」

ノアちゃんはしばらくの間僕をじっと見つめてから、やがて、はああ、と長いため息をついて、首を振った。

「たった一分ですか……。だったらほとんど意味ないじゃないですか。役に立たないですねえ！」

世に悪口は数あれど、役立たずっていうのは一番傷つくかもしれない。

「まあいいです。実験してみましょう」

ノアちゃんは僕の傷心など気にもならないようにさらっとした口調で言った。

「実験？」

「はい。さてこれからノアは、なにをするでしょう？」

「ちょ、ちょっと、そんなのわかるわけないよ。だって、前のときも……」

「いいから、いいから。ほら、どうやるですか？　集中するですか？　目を閉じるですか？」

そんなこと言われても、僕にだってわからない。なにがなんだかわからないうちに勝手に変なものが見えただけだ。

「とりあえず、やってみてください！　ほら、早く！」

あんまり急《せ》かすもので、僕は渋々、言うとおりに目を閉じてみた。

（集中……、集中……、集中……）

ノアちゃんはこれからなにをするだろうか……。ノアちゃんの姿を思い浮かべて……。

（そうだ、たぶん僕は、お皿を洗うな……。ノアちゃんはなにをしてるだろう……。僕の様子を窺《うかが》って、こっそりこっそり冷蔵庫に近づいて、扉を開けて、残りのケーキを取り出して、にやっと……）

「ぷっ」

その様子があまりにもリアルだったので、思わず吹き出してしまった。

「なに笑ってるですか！」

たぶん、正解だと思うけど、でもこれは未来視とはちがうような気がする。

「やっぱり無理だよー」

僕が弱音を上げると、ノアちゃんは不満そうに考え込んでいたが、やがて、うん、とひとりで納得《なっとく》したようにうなずいて、それから立ち上がった。軽い足取りで僕の隣にやって来る。

「なに？」

「心臓がどきどきしたり、目がちかちかして、頭が痛くなって、未来が見えたですね？」

「そうだけど……、なにするつもり」

なの？　と最後まで口にすることはできなかった。なぜなら、いきなり飛んできたノアちゃんの右フックが僕の頬《ほお》にめり込んだからだ。

「痛！　ちょ、ちょっと、なんなの⁉」

「ちかちかしたでしょう？　なにか見えましたか？」

ノアちゃんは至って平静だ。

「見えないって！」

「そうですか……、じゃあ」

僕はあわてて、身体を引いた。最初から右フックだったら、次はなんだ。かかと落としか、パワーボムか。

「なに、それ？」

しかしそのどれでもなかった。ノアちゃんがポケットから取り出したものを見て、僕は尋《たず》ねた。ちょうどピンポン玉より少し大きいくらいの大きさの金属の玉だ。りんごの軸《じく》みたいなものがひとつ突き出ていて、その先に輪っかがついている。

「閃光弾《せんこうだん》です」

「は？」

「立てこもっている敵《てき》を無力化するときにつかいます。すごい光と音が出ます。やってみましょう」

「ちょっと！　ダメ、ダメ！」

僕はあわてて、ノアちゃんの手からそれを奪い取った。

「ものは試しですよ」

「試さなくていいから！」

「せっかくちかちかするのに」

そういう問題じゃない。

「じゃ、これはどうでしょう」

と、ノアちゃんはまた別のものを取り出す。

「それ、スタンガンでしょ！　気絶しちゃうよ！」

「大丈夫です。電圧を最低にしておけば失神の一歩手前で苦痛だけを与えられます」

「だからダメだって！」

「……むう」

なんだ、そのちょっと残念みたいな顔は。

「わかりました」

またちょっと考える素振りを見せたあと、ノアちゃんはぽん、と手と手を打ち合わせるという古典的なスタイルで、なにかを閃《ひらめ》いたことを示してみせた。

「ちかちかがだめならどきどきでいきましょう」

「え？　い、いや、それは、ど、どうかなあ……」

自分の顔に血が上るのがわかった。どきどき、と聞いて思い出したのは、最初に変な映像を見たときのこと、つまり、麻奈美《まなみ》先生のそれはそれは柔らかい、あの感触だった。

「そ、それはまずいんじゃ……」

ノアちゃんは麻奈美《まなみ》先生に比べると、まだまだ全然成長が足りないけれど、でも女の子で、それも飛び切りの美少女であることはまちがいなく、しかもよくよく考えてみると、今、この家には僕とノアちゃんの二人きりで、僕も健全な思春期の少年のはしくれで、そうすると理性を抑《おさ》えられるかどうかというのははなはだ怪《あや》しくて……。

「外でしましょう！」

僕の青春の苦悩などを一蹴《いっしゅう》するように、ノアちゃんは明るい声で言った。

外？　最初っからそんな？

「う、家でいいんじゃないかな……」

僕はもじもじと呟《つぶや》くが、ノアちゃんはお構いなしだ。

「ささ、師匠《ししょう》、行きましょう」

ノアちゃんの手が僕の手をきゅっと握った。その冷たさと細さと、そして柔らかさに、どきっとした。

大人の階段って、上るときはこんなにあっさりと上れるものなんだ。

僕はなんだかぼんやりとしたまま、ノアちゃんに引かれるままに部屋を出た。

目の前のすぐ近く、鼻と鼻が当たってしまいそうなぐらい近くにノアちゃんの顔がある。いつもの無表情だけど、その大きくてほんの少し青味がかった黒い瞳の中に、僕の姿が見える。

「も、もうダメです……」

「ホント、もう、無理、です……」

喘《あえ》ぎながら言って、草むらに大の字に転がった。青臭《あおくさ》い草の匂《にお》いが鼻を突《つ》く。

「そんなに簡単に諦《あきら》めてはいけません。諦めたら試合終了ですよ」

「それは、バスケの、話だと、思う」

一言一言、区切るようにしないと言葉が出てこない。肺がきりきりと痛み、口の中に鉄のような味がする。

家を出た僕はノアちゃんに引っ張られるままに河原まで連れて来られて、そして馬車馬のように走らされた。たぶん、もう十キロ以上は走ってるだろう。それもジョギングといったマイペースではなく、ほぼ全力疾走《しっそう》。僕のスピードが少しでも落ちると、後ろを走るノアちゃんがスタンガンをばちばち放電させたりするものだから、もう死に物狂いだ。ただ、どれだけ死に物狂いでも限界というものがある。走って走って走りまくった結果、僕はこうやって草むらの中にぶっ倒れているというわけだ。

「だらしないですねえ」

僕の顔をのぞき込んでいたノアちゃんは腰に手を当てて、渋い表情で立ち上がった。僕と同じ距離を同じペースで走ったにも拘《かか》わらず、ノアちゃんは息を乱すこともない。やっぱりトレーニングを欠かさないだけのことはあるなあ……。

「で、どうですか。どきどきしましたか。なにか見えましたか」

「動悸《どうき》が激しくはなったけど、なにも見えない」

「そうですか……」

残念そうにノアちゃんは小首を傾《かし》げた。

どこかでぷあああん……、と甲高いバイクの音が聞こえた。

「ねえ、そろそろ、帰らない？」

ようやく落ち着いてきて立ち上がった僕は言った。しかし、立ったはいいけど、太ももはぷるぷる震えるし、膝《ひざ》はがくがく、生まれたての小鹿《こじか》のような有様《ありさま》だった。

諦《あきら》めたら試合終了なのに、とノアちゃんはまだぶつぶつ言っているけれど、残念ながら、僕は諦めのいい男なのだ。

「仕方ありません。本部に連絡して、アドレナリンがどばっと出るようなものを送ってもらうことにします」

またなにか恐ろしいことが起きる予感はしたが、そのときはそのときだ。

とにかく、今は家に帰って風呂に入ってぐっすり寝よう。

河原の土手を登って降りて、恋しい布団の待つ我が家に向かう。夜の風はずいぶん冷たくなってきたけど、汗だくになっている今の僕には気持ちいい。

と、僕たちの脇《わき》を、どろどろどろ、とぶっとい音を立ててバイクが三台並んで追い抜いていく。どれも派手な改造が加えられた大型のスクーターだが、どういうわけかやたらとゆっくりと走っていて、二人乗りの後ろに座っている男たちが、僕たちのほうをじろじろ見ている。

「ちょっと、こっちの道から帰ろうか」

僕はノアちゃんの腕を引いて、細い路地に入った。絡まれたらいやだし、それでノアちゃんが銃《じゅう》を抜くようなことになったらもっといやだし。背中でどろどろどろ、と走り去っていくエンジンの音が聞こえて、ちょっとほっとする。

「こっちこっち」

細い道はうねうねと曲がりくねって住宅街の中に入り込んで網《あみ》の目のように広がっている。小学校の帰り道、大きな道をうろうろしている凶暴そうな野良犬《のらいぬ》や、怪《あや》しいおじさんを避けるためによく通った抜け道だ。怖いと思った瞬間《しゅんかん》に道を曲がってしまうところがその頃から変わっていないのはちょっと情けないけど。

「もうすぐだから」

細い路地を抜けて、昔からある三棟立てのマンションの駐車場に出る。奥には昔、僕たちが通った小学校がある。と、その隣のお化け屋敷と呼ばれていた大きな無人の家が、未《いま》だに昔そのままの姿で建っているのが、夜の闇《やみ》を透かして見えた。

まだ壊してなかったんだ……、そう思ったとき、それに気がついた。


最初は大きなゴミ袋かと思った。黒い大きな、なにかつやのあるものが駐車場の隅《すみ》に転がっていた。目が慣れてきて、ゴミ袋ではなくなにかもっと大きなものであることがわかってきたとき、それがもぞり、と動いた。

「あ、あれ、なんだと思う?」

ちょっと声が震えているのが情《なさ》けないところだが、しかしノアちゃんは落ち着いた様子で、さあ、というように無言で小首を傾《かし》げている。

突然それが、大きく、ごろんと転がった。

「ひっ!」

口から出そうになった悲鳴をなんとか飲み込む。

それは人だった。大柄《おおがら》な体格をした男で、磨《みが》きこまれた黒い革ジャンを着込んでいた。そしてその顔面は、血まみれだった。顔の右半分は完全に真っ赤に染まっていて、脱色した長い髪の毛が血を含んでべったり顔に張り付いている。両目は腫《は》れ上がって、口のところも切れたり痣《あざ》になったりして、見るも無残な有様だ。

でも、そんなになっていても、僕にはわかった。

「……岩田《いわた》くん？」

その声が聞こえたのかどうかわからないが、腫れた目蓋《まぶた》の奥がちかりと光ったように見えた。

「こーへー？」

口が小さく開いた。低くがらがらに掠《かす》れた、僕の知らない声だったけど、それはまちがいなく岩田くんだった。

「久しぶりじゃんよ」

ははあ、と口から息が漏《も》れた。もしかしたら笑ったのかもしれない。ふとその視線が僕の隣に移る。

「なんだ、彼女かよ？　おいおい、ちー、泣いてんじゃねえのかよ……」

なにやらぶつぶつ口の中で呟《つぶや》いて、岩田くんは身体を起こした。

「動かないで！　今、救急車呼ぶから……」

身体を支えようとあわてて近寄った僕の後ろから、高い声が飛んできた。

「見ーつけたあ」

笑いを含んだいやな感じの声だった。振り返ると、十人近い男たちが、木刀や鉄パイプをぶら下げて、だらしない歩き方で近づいてくるのが見えた。中のひとりが金属バットを引きずらせて、からからから、という音を立てる。

「こんなとこに隠れてたんかよ。面倒かけんじゃねーよ」

先頭に立っていた男が言った。リーダー格なんだろう、周りが気を遣っているのがわかる。ひとりだけ手ぶらで、だぼだぼのジーンズとニットを着ている。茶色い髪はファッション誌の読者モデルのようにかっこよくセットされていて、目鼻も整ったきれいな顔立ちだったが、どこか冷たい、陰惨《いんさん》なムードが漂《ただよ》っていた。

「なんだ、そいつら？　お前のツレか？」

モデル頭の横にいた丸坊主の男が言った。こちらはモデル頭とは対照的な顔立ちだったけれど、体は遙《はる》かに大きくて、服の上からでも筋肉の盛り上がりがわかるぐらいだった。

「うお、この娘、超可愛《かわい》いじゃん。俺らと遊ばね？」

「うるせえ。こんなやつ、知らねえ」

僕の肩を支えにして、岩田《いわた》くんは立ち上がった。そのとき、岩田くんが昔より遙かに背が高くなっていることに、僕はようやく気付いた。

「さっさと行け」

一歩一歩、確認するように岩田くんは男たちのほうに踏み出しながら小さな声で言った。

「でも……」

「いいから行けって！」

岩田くんが強い力で僕を突き飛ばした。押し出されるように、僕はノアちゃんの腕を摑《つか》んで走りかけた。

だけど何歩も行かないところで、じゃりっという大きな音が聞こえて思わず立ち止まる。振り返ると、男に突き飛ばされたのか、岩田くんが地面に倒れるのが見えた。

「調子乗ってっからこうなんだよ」

丸坊主が、腕の辺りを蹴《け》りつける。耳を塞《ふさ》ぎたくなるような、鈍くて湿った音がする。

「ほら、なんとか言ってみろよ！」

〈黙《だま》ってないで、なんとか言え！〉

男の声と記憶の中の田所《たどころ》先生の声が重なって聞こえる。もう立つこともできないのか、岩田くんはぐったりと膝《ひざ》をついて身体を折っている。

「もういいよ、面倒くせえ」

誰かがげらげら笑う声が聞こえて、差し出されたバットを受け取り、モデル頭が無造作に振り上げる。

階段の手すり、床の木目、ボウルにべったりくっついた出来損ないの生地。

階段の陰で震えている小さな背中。意気地なしの、大切な友達も助けられない小さな背中。

色んなイメージが頭の中を駆け巡る。鼻の奥がつんときな臭《くさ》くなる。

「先に戻ってて！」

きりきり、という頭痛を感じる前に、僕はノアちゃんを置いて再び走り出していた。

僕の友達に、バットを振り上げている男に向かって。

叫んだりはしなかった。できなかったというほうが正しいかもしれない。僕はただ、黙《だま》ったまま、モデル頭の背中に体当たりした。

「うお！」

「なんだよ！」

「危ねえ！」

完全に油断していたのだろう、僕の体当たりで身体のバランスが崩れる。バットが狙《ねら》いを外して空転し、仲間の顔をかすめた。あわてた声が交錯《こうさく》して、中のひとりが頭をかばって鉄パイプを取り落とした。僕は、それを拾い上げてやたらめったら振り回した。

「うわあああ！」

喉《のど》の奥に詰まっていた塊《かたまり》みたいなのが取れてやっと声が出るようになる。

「なんだよ、おめー！」

「なにしてんだよ、コラ！」

「調子乗ってんなよ！」

男たちは口々に喚《わめ》いているが、ぐるりと僕を囲んだまま近づこうとはしない。顔や腕を押さえてるやつもいる。滅茶苦茶《めちゃくちゃ》に振り回しても結構当たるもんだな、と頭の片隅《かたすみ》で他人事《ひとごと》みたいに思った。

周囲に気を配りながら、片手で足元に倒れている岩田《いわた》くんの身体を揺《ゆ》する。

「岩田くん、立てる？　岩田くん！」

ううう、と獣《けもの》のような唸《うな》り声を上げながら、岩田くんはゆっくりと身体を起こし始めた。

その隙《すき》を狙って近づいて来ようとした男のほうへ一歩踏み出すと、そいつは唇を歪《ゆが》めてまた後ろに下がる。ちょっと冷静になって余裕ができると、身体が震えだした。

「後ろ！」

ようやく立ち上がった岩田くんが声を絞り出した。はっとして振り返ると、金属バットを手に坊主頭の男が迫っていた。

がん！　と構えた鉄パイプに衝撃《しょうげき》が走る。すごい形相で坊主頭がバットを押し付けてくる。僕も負けずに、力いっぱい押し返す。その目は血走っているけど、たぶん、僕の目もそれに負けず劣らずだろう、と思ったときに、気がついた。

こいつだって怖いんだ。

背後でも荒い息とがつんがつんなにかがぶつかり合う音が聞こえる。背中にとん、と温かいものが当たった。岩田くんの背中だ。ぜいぜいと息を吐《は》いているのが伝わってくる。

なにも考えずに僕が蹴《け》り上げた足が坊主頭の脛《すね》を直撃して、うっと呻《うめ》いて男が後ろに下がった。よし、これで逃げられる！　そう思ったときだった。

肩に熱い衝撃がきた。

殴られた、と思う間もなく、腕にも痛みが走って、握っていた鉄パイプが地面に落ちた。

それから後は、されるがままだった。

地面に転がって、必死で頭とお腹をかばう。その上から殴られ、蹴《け》られる。痛みがあったのは最初だけで、そのうちに感覚が麻痺《まひ》してきた。頭がぐらんぐらんして、なにがどうなっているのかもわからない。

ただ、腕の間から、同じように地面に転がっている岩田《いわた》くんの姿が見えた。

ごめんね。また役に立てなかったや。

ずっと続いていた衝撃《しょうげき》が不意に止《や》んだ。ちらりと目を上げると、坊主頭が僕らのことを見下ろしていた。ふと、その低い鼻から血が垂れていることに気がついた。もしかして、僕がやったのかな。そう考えると、なんだか愉快な気分だった。

そういえば、と思い出して視線をめぐらすと、先に戻っててって言ったのに、さっきと変わらない少し離れた位置に立っているノアちゃんが見えた。手が上着の中に入っている。再び現れたとき、その手はしっかりと拳銃《けんじゅう》のグリップをつかんでいた。

いつも無表情なノアちゃんの顔にははっきりとした感情が浮かんでいた。

（怒ってる……？）

はっとした。

撃つつもりなのか？

だめだよ！

そんなもの、撃っちゃだめだ！

世界を正しくするのが君の仕事なんだろ？　人を傷つけたり、殺したりするのが、ノアちゃんの仕事なんかじゃないはずだ……！

頭の中で様々な思いが交錯《こうさく》して、白い光を上げた。同時に前後から引っ張られて、魂《たましい》と身体がばらばらになるような、奇妙《きみょう》な、

——坊主頭の腕が伸びる。僕の髪の毛を掴《つか》んで引き起こす——

僕は掴まれた髪の毛の痛みをリアルに感じながら、しかし坊主頭の手が髪に触る前によろよろと立ち上がった。

坊主頭はちょっとぎょっとした顔になったけど、

——右手を振り上げる。殴る。次は左手——

僕が上げた手に坊主の腕ががつんと当たる。身体を引くと、さっきまで僕の胴体があったところを拳《こぶし》が通過していく。

言うまでもないことだけど、僕には格闘技《かくとうぎ》の経験なんかない。もちろんどんくさい僕のことだから、習っても大して上達もしないだろう。もともと、運動神経がないんだから。でも、次になにが起きるかわかっていたら話は全然違う。

――蹴《け》り。左、左、大振りの右フック――

現実ではよけているけれど、映像の中では僕はたくさん殴られていて、錯覚《さっかく》なのかもわからないけど、身体の色んなところが痛い。いつまでも殴られっぱなしでは仕方ない、と思いながら僕が、ちょい、と出した足に引っかかって、坊主頭が派手にすっ転んだ。

――転がっている金属バットを拾おうと手を伸ばす――

僕は少し先にあったバットを拾い上げた。坊主頭が地面に転がったまま、怯《おび》えたような顔で僕を見上げる。

気がつくと、坊主頭だけでなく、それまで僕たちを囲んでいた連中が、なにか薄気味悪い化け物にでも出くわしたような顔で、僕のことを呆然《ぼうぜん》と見つめていた。僕が一歩前に出ると、人の輪が、ずず、と広がる。

――背中に衝撃《しょうげき》。ナイフが突き刺さる――

僕が振り向きながらバットを振ると、かつん、という感触と共に、ナイフが弾《はじ》かれて、飛んだ。モデル頭が右手を押さえ、口を半開きにして僕を見つめていた。

僕が一歩前に出ると、モデル頭はまるで殴られたようにびくりと身体を震わせ、大きく後退《あとずさ》った。

周囲の男たちが戸惑ったような視線を交わすなかで、僕は砕けそうになる膝《ひざ》に力を入れて、こっちも周りに負けず劣らず呆然としている岩田《いわた》くんを助け起こした。

「行こう」

岩田くんはもう身体を起こして、きょとんとした顔をしている。声も身体もすっかり大人になったけど、その顔は僕のよく知っている、岩田くんの顔だった。

「こーへーはあほですか」

ノアちゃんが怖い顔と声で決めつけるように言う。

◎

◎

◎

「痛！」

「我慢《がまん》！」

傷を消毒してくれるのはありがたいが、もうちょっと優しくやって欲しい。でも、まあそんなこと言っちゃいけないな。

あのあと、家までたどり着く前にぶっ倒れ気を失ってしまった僕と岩田くんを連れて帰ってくれたのはノアちゃんだ。この細くてちっちゃい身体のどこにそんなものがあるのかというパワーを発揮《はっき》して、僕らの身体を担《かつ》いで家まで運んでくれた。

「あの人よりこーへーのほうが重症なんですから！」

さしあたって折れた骨が肺《はい》に刺さってたりはしてません、というノアちゃんの怖い言葉を聞きながら、僕はリビングの床であちこちに包帯を巻かれて横たわっている岩田くんを見やった。ノアちゃんが注射した薬が効いてきたのか、すーすーと静かに寝息を立てている。久しぶりにじっくり見る岩田くんは、当たり前だが昔より大人っぽくて、精悍《せいかん》な感じに見えた。

「ぐあ！」

「こーへーは日本男子！　我慢《がまん》！」

唇を切ったところに猛烈《もうれつ》に消毒液が沁《し》みる。どう見ても、さっき岩田《いわた》くんを治療《ちりょう》していたときよりも手つきが乱暴だ。ああいう顔が好みなんだろうか。

それにしてもさすがはノアちゃん。ぶつぶつと怒りながらも、どこからか救急医療キットのようなものを持ち出して慣れた手つきで傷の処置をしてくれた。ざっくり切れてた岩田くんの目の端《はし》を縫《ぬ》い始めたときは、ちょっと引いたけど。

「ノア、ちゃんと習ったです。医療技術の授業も一番でした」

ソサエティってこういう訓練もやるんだ……。それにしてもノアちゃんってもしかしてすごく優秀な子なんだろうか。それとも負けず嫌いがいいほうに転び続けてきたのか。

「痛い！」

「こーへーがごちゃごちゃうるさいから失敗したです！　猿も落ちれば棒に当たるです！」

どういう状況だよ。

「もうちょっと、優しく……」

「うるさいですってば！　もう！　なんであんな無茶なことするですか！」

「なんでって……」

そんな理由なんか説明できるわけがない。なによりも自分が一番驚いているんだから。

根っからのビビリで石橋を壊れるまで叩《たた》いてから、やっぱり渡らなくてよかったと安心する慎重派の僕があんなことするなんて。もう一回、あの場面に戻ったら、今度はどうするかわからない。たぶん飛び出せないだろうな。

でも、さっきは、ちゃんと飛び出せた。よかった。

「なんでって言われても……」

ノアちゃんが、乱暴な消毒の手をぴたりと止めた。僕の顔をまじまじとのぞき込んで、それから怒った声のままで言った。

「こーへー、もっと大怪我《おおけが》してたかもしれないのに、もしかしたら死んじゃったかもわからないのに。ケンカも弱くて、たった一分先しか見えなくて、それも見えたり見えなかったりなのに」

「う、うーん……」

怖かったけれど、怪我したらどうしようとか、まして死んだらとか、そういうことは考えなかった。昔と同じ後悔《こうかい》をしたくないとかそんなことも考えなかった。ただ、気がついたら飛び出していた。

「どうしてですか」

どうして、だろう。

僕はどうして、こんなことが出来たんだろう。

「……友達、だから、かな」

そうとしか言えない。

もし、岩田《いわた》くんが、まだそう呼ぶことを許してくれたら、だけど。

ノアちゃんは僕の顔をじいっと見ていたけれど、やがて、わからない、というふうに首を振った。そして小さくため息をついて、ばん！　とさっきよりももっと乱暴な手つきで僕の背中に湿布を叩《たた》きつけた。

「痛！」

「終わりました！　今日はお風呂には入らないでください！」

ばん！　と両手を床に叩きつけて、でも小児科医のような注意を残してぷりぷりとノアちゃんは部屋を出て行った。

ふう、とソファに身を横たえて、ちらっと岩田くんのほうを見た。

昔、三人で遊んでいたら、三人とも遊びつかれて床でうたた寝してしまったことがあった。いつも最初に寝てしまうのが岩田くんだった。そんなことを思いながら目を閉じた。

もしかしてノアちゃんは怒ってたんじゃなくて、心配してくれていたのかな、と気がついたのは、眠りに落ちる直前だった。

猛烈《もうれつ》な喉《のど》の渇《かわ》きで目が覚めた。んん、と身体を起こしかけ、はっと気がついてそろりとソファから降りる。予想した通り、びきびき音を立てるかと思うぐらい、あちこちの筋肉が痛んだ。おまけに殴られたり蹴《け》られたりしたところが熱を持ってずんと重い。いきなり身体を起こしたりしたら、えらいことになるところだった。

まあ、僕も学習能力ぐらいはあるってことで。

床を見ると、岩田くんは夕べと同じ姿勢のままで、すうすうと寝息を立てている。

起こさないようにというか、そうとしか動けないので、そろそろと台所へ向かう。ちらっと和室を覗《のぞ》いてみると、もう布団が上げてあって、机の上に紙が置いてある。読むまでもない、いつもの「さがさないでください」だろう。

コップに一杯水を飲むと、少し落ち着いた。時計を見ると、もう午後の一時だった。

学校……、とあわてかけて、今日が土曜日だったことに気付く。よかった。今月に入って早退だの遅刻だの保健室登校だの、ほとんどまともに学校に行ってない。

玄関のほうでがちゃりと鍵《かぎ》の開く音がした。静かな足音が聞こえてくる。

「……こーちゃん、いい？」

予想通りちはるだった。人助けモードではなく、下ばっかりむいている、いらいらするぐらい内気でおとなしい、いつものちはるだ。

「あの……、いきなり来てごめんね。あのね、ママとも話したんだけどね……、あの……、やっぱりよくないって、思うの」

へ？　なんの話？　尋《たず》ねようとしたが、自分のつま先ばかり見て、それでも一生懸命喋《しゃべ》ってるちはるを見ているとタイミングを失ってしまう。

「こーちゃんのこと、ヘンなふうに思ってるわけじゃないんだよ……？　ちっちゃいころから知ってるし。でも……、もう高校生だし……。それに……、ノアちゃん、きれいだし、目立つから、なんていうか……、あの……、ヘンな噂《うわさ》とかが立ったら、こーちゃんもノアちゃんも、可哀想でしょう……？　それで……、それでね、ウチはほら、お父さん単身赴任中で女の人ばっかりだし、部屋も余ってるから、もし良かったら家に住んでもらったらどうかなって」

そこまで一気に喋ってからようやく顔を上げて、

「きゃあああ!!」

悲鳴を上げた。

「こ、こーちゃん、そ、そのケガ……!?」

「いや、ちょっと、なんていうかいろいろあって……。それよりノアちゃん、ちはるの家に住ませるって？」

「そんなことはいいから！ それより、こーちゃん大丈夫なの……？」

ちはるが青い顔で震えながら言った。そんなにひどい？ とキッチンに据えつけの鏡を見て驚いた。

「わあああ!!」

自分の顔だとは信じられない。顔全体が紫色に腫《は》れ上がっている。特に右目がひどくて、ノーメイクで四谷《よつや》怪談《かいだん》ができそうなぐらい。口のまわりは紫と緑のまだらな痣《あざ》になっていて、頭に巻いた包帯には血がにじんでいる。最大限によく言っても、殴り殺された死体がゾンビになって蘇《よみがえ》った、っていう感じ。

「こりゃ、ひどい……」

視覚から具合が悪化しそうな気がしたので、僕はあわてて鏡から目を逸《そ》らした。

「びょ、病院……、あ、大田《おおた》先生に来てもらう？」

ちはるはあたふたとしながら、僕らが子供の頃からかかりつけのお医者さんの名前を出す。

「大丈夫だって」

一応はちゃんと訓練を受けてるノアちゃんが見てくれたんだし、それに大田先生、小児科だし、今年で八十歳だし。

「でも、でも！」

おろおろとして、なぜか僕の手を握ってくる。

「こーちゃん、死んじゃったらやだ！」

「……わりいんだけど、俺にも水、くんねえ？」

「きゃあああ！」

キッチンの入り口から顔を出した包帯だらけの岩田《いわた》くんを見て、再びちはるが叫ぶ。岩田くんの顔も僕に負けず劣らずひどいが、それにしてもちはる、最近家に来ると悲鳴上げてばっかだな。

「……ユウくん？」

どすんと椅子《いす》に腰を下ろして水を飲み干した岩田くんの顔を見て、ようやく気付いたらしいちはるが言った。

「ああ、久しぶり」

「な、なんでユウくんが？」

「……、いろいろあって」

ちはるが落ち着くと、キッチンを支配したのは沈黙《ちんもく》だった。岩田くんはなんとなく怒ったようなむっとした顔でテーブルを見つめていて、ちはるは心配そうに僕と岩田くんの顔を交互に見ていた。

そりゃ、そうだよな。

怒ってて当然だ。昨日はたまたま、僕が助けたみたいな形にはなったけど、だからといって昔されたことを忘れるなんてないだろう。やってもいない盗みを先生に責め立てられて、助けてくれるはずの友達は臆病風《おくびょうかぜ》に吹かれて階段の陰に隠れてて、それで昨日でチャラ、なんてあり得ない。

でも意外なことに、沈黙を破ったのは岩田くんだった。

「久しぶりだ」

ぽつり、と言う。

「あ、ね。三人、揃《そろ》うの、久しぶりだよね」

「それもそうだけど」

ちはるの言葉に、岩田くんはちょっと笑ったように見えた。

「俺、ここ来るの、久しぶり」

そう言って、ゆっくりとキッチンを見回した。

子供の頃はよく三人で、ここでおやつを食べた。大体は父さんが作ってくれたやつだったけど、忙しいときは岩田くんとちはるが遊んでいる横で僕が作った。成功ばっかりじゃなくて、失敗作も一杯作った。膨《ふく》らまなかったパウンドケーキや、焦《こ》げ焦げになったクッキーや、かちんかちんのゼリー。まずかったけど、みんなで大騒ぎしながら食べた。成功したときは、二人して賞賛の雨を降らせてくれた。あんなに誰かにほめられることって、これからはもうないのかも。

「じゃ、そろそろ帰るわ」

急に岩田《いわた》くんは立ち上がった。そして言った。

「こーへー、ごめんな」

そのまま、すたすたと玄関のほうに歩いて行く。

「岩田くん……！」

僕も立ち上がって追いかけようとした。でもその途端、骨と筋肉の猛烈《もうれつ》な反抗にあった。

「痛……！」

そんな僕の様子をちらっと見て、ちはるが玄関に走っていく。

痛かった。身体も心も。

やっぱり許してくれないよな。僕はそのまま、キッチンの床で身体を丸めていた。泣きたいのに泣けなかった。

◎　◎　◎

ちはるが戻ってきたのは、それからずいぶん時間が経《た》ってからだった。

「ユウくん、変わってなかったね」

岩田くんが座っていた椅子《いす》にすとんと腰を下ろして、そう言った。

「そう？」

僕はのろのろと立ち上がって、お湯を沸《わ》かし始める。じっとしているよりも、なにかをしているほうがマシに思えたからだ。

「変わってないよ～。背も伸びて、大人っぽくなって、ちょっとカッコよくなったけど、やっぱりそのまま」

ちはるはなんだか、うれしそうだった。

「いろいろ話してくれたよ」

「話って？」

「高校に入って、上級生に目を付けられて喧嘩《けんか》して勝っちゃった話とか、それで番長みたいに担《かつ》ぎ上げられた話とか、そういうの面倒くさくて中退したら、それでも上級生に恨まれて追いかけられて危ないところをこーちゃんに助けてもらった話とか」

「助けたなんて……、一緒に殴られて逃げてきただけだよ」

「すごかったって言ってた。なんか格闘技《かくとうぎ》でも始めたのかって聞かれちゃった」

ちはるは珍《めずら》しくはきはきと喋《しゃべ》っていた。いつものおどおどしたちはるでも、人助けモードでもない。でもなぜか、まったく違和感はなかった。

「他には？」

「私たちとは別の中学に行ってつまらなかった話とか、何回かこの家の近くまで来たけど、チャイム押せなくて帰っちゃった話とか」

「家に？　岩田《いわた》くんが？」

不意に気がついた。ちはる、昔はこうやって話してたんだ。明るい声で、少し微笑《ほほえ》みながら、いろんなことを話してた。いつの頃からか、ちはるはおとなしくなって、うつむきがちになっていったから忘れてたけど、こっちが本来のちはるだ。

「岩田くん、怒ってなかった？　僕のこと」

思い切って尋《たず》ねた。ちはるだけは知っている。田所《たどころ》先生に犯人扱《あつか》いされたことも、それを見てた僕が怖くて隠れていたことも。ずいぶん昔、いつだったか打ち明けたことがある。

ちはるはいかにも楽しそうにくすくすと笑った。

「なに、笑ってんのさ」

「岩田くんも同じこと言ってた」

「え？」

「こーちゃん、俺のこと怒ってただろって」

僕が岩田くんのこと、怒る？　なんで？　岩田くんが僕のこと怒るんでしょ？

「こーちゃんとユウくんって似てるよね」

「どこが？」

僕と岩田くんは全然ちがう。岩田くんはいつも元気で活発で、思ってることをはっきり言えて、勇気があって、友達思いで。僕は全部、その逆だ。

「そっくりだよ。優しいとこも、そのわりに自分のことしか見えてないとこも、人の気持ちに鈍感なとこも」

ぐさぐさ刺さるようなことを言うが、ただその顔を見ると悪意も責める気もなさそうだ。

「私は知らないけど、こーちゃんとユウくん、すごい喧嘩《けんか》したんだって？　小六のとき。それでこーちゃん、まだ怒ってんじゃないかって」

「……そんなことあったっけ？」

「あったんだって。さっき言ってた。私はインフルエンザに罹《かか》って寝込んでたから知らないんだけど」

記憶の底を探ってみるが、思い当たることも、その欠片《かけら》すらも出てこない。

「ユウくんがここに遊びに来て、おじさんの大切にしてた鍋《なべ》、壊したんでしょう？　銅《どう》のきらきら光る鍋、振り回してて、取っ手が外れちゃったって」

お湯が沸騰《ふっとう》してコンロに掛けたヤカンがぴー！　とけたたましく鳴り出す。僕はこの音が大嫌いなんだけど、なぜか家は、昔からこのでかい音が鳴るヤカンを使ってて……。

ちかっと記憶の中でなにかが光ったような気がした。

〈父さんに怒られるよ！　どうすんのさ！〉

〈わざとやったわけじゃねーもん、しょーがねーだろ！〉

〈これ、父さんが仕事で大事に使ってるやつなんだから！　世界にひとつしかない、大事なやつなんだよ！〉

「あ……」

思い出した。小六の冬。ちはるが風邪《かぜ》を引いてて、キッチンでお見舞いにお菓子持って行こうって二人で作ってたんだ。でも岩田《いわた》くんはそのうち飽きてきて……。

「フライパンと麺棒《めんぼう》持って、遊びだしたんだ」

どんどん記憶が鮮明になる。

「父さんが大事にしてた小さい打ち出しの鍋《なべ》だったから、やめてって言ったんだ」

でも、そのときお湯が沸騰《ふっとう》して、火を止めるために振り返って……。

「そしたらシンクの端《はし》にぶつけたらしくて、へこみができてて、取っ手のところが外れかけてた」

ほとんど無意識に、全自動のロボットみたいにお茶を淹《い》れて、作り置きのマドレーヌを添えて、ちはるに差し出す。

「そんなこと、今までさっぱり忘れてた」

ちはるは立ち上る湯気を思い切り吸い込んで、いい香り、とにっこり笑った。

「それで、もう絶交だ、とか二度と来ないで、とか言ったんだ」

でも次の日、そんなこと忘れてて、学校で会って一緒に帰ってきて家で遊んだんじゃなかったっけ？　なんで、岩田くんは今でもそのことで僕が怒ってるなんて思ってるんだ？

「あ……」

田所《たどころ》先生。

その日、岩田くんは遊びに来なかったんだ。田所先生が財布泥棒の濡《ぬ》れ衣《ぎぬ》を着せて、僕が階段の陰で震えてたおかげで。その日だけじゃなく、それからずっと。

「でも、だからって僕がしたことがなしにはならないよ」

僕が臆病《おくびょう》だったおかげで岩田くんがどれほど嫌《いや》な思いをしたか。僕が岩田くんの立場だったら、どれだけ悲しくて腹が立つことか。

「いいこと、教えてあげようか」

ちはるは悪戯《いたずら》っぽく微笑《ほほえ》んだ。小さい頃に、よく見た笑い。今では新鮮に見える笑い。

「さっき、聞いたんだ、ユウくんに。小学校の頃の田所先生って覚えてるって」

心臓がぎゅっと縮んだ。なんてことを聞くんだ、君は！

「な、なんか言ってた？」

「知りたい？」

ちはるは必死で笑いをこらえている。

「はあ？　だって」

「え？」

「はあ？　って言われたの。ほら、いたじゃん、四年生の担任の、そう言ったら、あ～、なんかいたね、だって」

ちはるは声を低くしたり高くしたりしている。どうやら、岩田《いわた》くんの声まねをしようとしているらしいが、ちっとも似ていない。

「それって、どういう……？」

「全然、覚えてなかったの。田所《たどころ》先生のことも泥棒扱《あつか》いされたことも、全然、まったく」

へなへなと身体の力が抜けた。ていうことは、お互いに相手が怒ってるって思ってたってこと？

でも……。

「だからって、僕が岩田くんのことかばえなかったのは事実なんだし……」

そうなんだ。岩田くんが忘れていてもいなくても、僕は小学校六年生の、校舎の階段で先生に理不尽に責められている友達を助けられなかった。泥棒の濡《ぬ》れ衣《ぎぬ》を着せられて、お父さんのことまで持ち出されて。

だから……。

「もう、いいじゃん」

ちはるは明るく、力強く言った。その声はまるで高校球児の選手宣誓《せんせい》のように高らかに響《ひび》いた。

「もう、いいじゃん。昨日、こーちゃんは、久しぶりに会った幼馴染《おさななじ》みのユウくんを助けた。それで、いいじゃん。言ってたよ。あいつ、すげーよなって。あんなとき、俺だったらいくら喧嘩《けんか》に自信があってもビビッて出て行けねーよって。勇気あるよな、って」

ちはるはソーサーに載せてあるマドレーヌをひとくち齧《かじ》って、美味《おい》しい、と呟《つぶや》いた。

「また遊びに来てもいいかな？　って言ってたから、いいよって言っといた。いいよね？」

僕は背中を向けて、シンクに置いてあるグラスを洗い始めた。泣いてるところを、ちはるに見られたくなかったから。

「それからね、別に伝えてくれって言われたわけじゃないけど言っとくね。できるだけ、原文ママ、で」

おほん、とひとつ咳払《せきばら》いをした。また、ものまねを始める気だろう。

「またこーへー、お菓子作ってくれるかな。あの、プリン、じゃなくてク、クレーム・ランベルセ、だっけ？　こーへーの作ったあれ、俺好きなんだよね。以上、ユウくんの伝言でした！」

覚えてたんだ。

覚えてて、くれたんだ。

僕は泣きながら笑い出した。そのものまねは、ちっとも似ていなかったけど、とても似ている気がした。

第四章

回る者、回される者

学校に行けるほどケガが回復するまでには、しばらくかかった。ノアちゃんの処置のおかげか、痛みはわりとすぐに引いたんだけど、何しろ顔の腫《は》れがひどかったものだから、ちはるに止められていたのだ。

ただ、顔の痣《あざ》はしっかり残っていて、久しぶりに行った学校では、担任には「なにか問題があるのか」と呼び出され、麻奈美《まなみ》先生には「急激な高校デビューは身体に悪いぞ」とにやつかれ、里見《さとみ》には「高校生にもなって今さら虐待《ぎゃくたい》を受け始めた珍《めずら》しい子」という噂《うわさ》を流されて、クラスメイトに微妙《びみょう》な視線を向けられた。居心地は悪かったが、まあ、なんとか無事に日常生活には復帰できた。

一方、最近の非日常の根源であるノアちゃんといえばのんびりしたもので、ときどき「さがさないでください」を残して出かける以外は家でごろごろしていて、「ノアはババロア食べたいなあ。師《し》匠《しょう》が作ったら美味《おい》しいだろうなあ」などと、わざとらしく言っては、「作ってあげようか？」と聞くと、「は！　そんな！　催促《さいそく》したみたいで、ダメですダメです。孫権《ソンケン》と袁術《エンジュツ》は日本人の美徳です」などと言って、結局作ったやつをほとんどひとりで平らげてしまう。たぶん、謙遜《けんそん》と遠慮《えんりょ》、ね。

しかし、そんな平和な暮らしはやはり長くは続かなかった。

新たな脅威《きょうい》は、意外な形でやってきた。

「……うっそお」

郵便受けに入っていたそれを見て、僕は思わずうなった。

電気料金請求のお知らせ。

「六万七千円……」

隣の家のが間違えて入ってるのかと思って確認するが、何度見ても父さんの名前だ。

「なんでこんな高いんだ……？」

先月はせいぜい一万ちょっと、夏場にクーラーがんがん掛けててもこんなには行かなかった。

電力会社の人に来てもらって漏電《ろうでん》の検査をし、自分でも家の隅々《すみずみ》まで確かめて、異常がないことを確認した。となると、可能性はひとつしかない。

一応、声を掛けて返事がないことを確かめてから、和室のふすまを開ける。

わりときちんと掃除をしているらしく、部屋はさっぱりとしている。小さなちゃぶ台の上には毎度おなじみの置き手紙、部屋の隅には文研の皆様から借りたマンガが山になっている。

特にヘンなものはない、と思ったときに気がついた。押入れのふすまがちょっとだけ開いて、そこからにょろにょろと何本ものコードが束になって延びている。

「……おいおい」

開けてみて啞然《あぜん》とした。押入れの下の段が、秘密基地になっていた。数台のPC、点《つ》けっぱなしの数台のモニターには、データが流れ込んでいることを示す画面がすごい速さでスクロールしている。小型の画面には折れ線グラフのような緑のバーがいくつも走り、小型のファックスからは次々と紙が吐《は》き出されている。英語、フランス語、たぶんロシア語、ぐらいまでは見当が付いたが、あとはさっぱり。アラビア語なのかタイ語なのか、見慣れない文字で書かれたものもあった。写真とレイアウトから新聞記事だろうと思ったが、内容はさっぱりわからない。

それにしても、あの子はいったい何ヶ国語できるんだ?

ふあああん、と涼しい風が吹き寄せてきて我に返った。風は押入れの奥から発生していた。のぞき込んでみると、ご丁寧《ていねい》なことに小型の冷房装置まで備え付けてあった。

「こんなものまで……」

まちがいない、電気代の急騰《きゅうとう》はこの押入れが原因だ。

「見ましたね」

帰ってきたら説教してやらなきゃ、と思って振り返ると、その当人の顔があった。

「見てはいけないものを見られたからには、ノアはおじいさんになる箱を置いて鶴になって月に帰ってしまうのです」

なんか微妙《びみょう》に混じってるぞ。

「帰っちゃうの？」

「冗談《じょうだん》です」

ちっとも冗談らしくない顔で言う。

とにかくノアちゃんを座らせて、僕は我が家の経済状況を説明した。両親は、生活費や光熱費として月々決まった額を振り込んでくれているが、足りないからといって簡単に追加してはくれない。

「だからね、ノアちゃんがばんばん電気使っちゃうと、お金が足りなくなっちゃうんだよ」

「じゃあ、ノア、ご飯食べるのやめます。食べるのやめてお菓子で生き延びます」

「お金がなくなると、ノアちゃんの好きなお菓子の材料も買えなくなっちゃうでしょ？」

むうう、とノアちゃんは唸《うな》った。

「ない乳は揺《ゆ》れない、というやつですか」

「それは袖《そで》！　揺れないじゃなくて振れない！　まったくもう……」

わざとやってるんじゃないだろうかと思いつつ、足元の紙を拾い上げる。中年のアジア人が写った写真のコピーだ。日本人にも中国人にも見えるし、でも意外とタイ人ですといわれたら納得《なっとく》してしまうかもしれない、すべてアジア人の平均を取ったような顔だ。なにやら手書きのメモが添えられていたが、これは外国語でさっぱり読めない。

「一体、なにやってんのさ？」

「ノアは仕事してるです」

僕の手からすばやく紙切れを奪い返して言う。

そっか……。ソサエティの仕事って、きっと、イレギュラの調査っていうこと以外にも、いろいろやらないといけないんだろうな。

例の格闘技《かくとうぎ》や射撃《しゃげき》のトレーニングも続けているようで、やっぱり泥だらけになって帰ってくることもあるし、ときどきだけど、一日家を空けることもある。夜遅くに出かけて朝になってふらりと戻ってくることもあるから、かなり忙しいのかもしれない。

でも仕事してるんだから、ノアちゃんだってお給料もらってるよな。お金、入れてもらおうかな。でもなあ、いくらぎりぎりだからといって、年下の女の子にお金入れてくれなんて言うのはなあ……。

「あの……」

せこいことを考えている僕に気を遣ったのか、珍《めずら》しくためらいがちにノアちゃんが言った。

「迷惑、ですか」

「え？」

「ノアがここにいると、こーへー迷惑しますか？」

真剣な顔だった。ノアちゃんの整いすぎた顔にはなにか思いつめたようなものが漂《ただよ》っていた。

「そんな……」

迷惑なんてこと、あるわけがない。岩田《いわた》くんと仲直り、まではいかなくても少し距離を縮めることができたのも、ちはると昔のように話せるようになれたのも、ノアちゃんが来てからだ。僕自身、ノアちゃんと話したり、僕が作ったお菓子にうれしそうにかじりついているノアちゃんを見ているのは、楽しい。

「全然、大丈夫。ちっとも迷惑じゃないよ」

僕はできるだけの笑顔で言った。

「本当ですか？」

でもノアちゃんは、まだ真剣な顔のままだ。

「ノア、こーへーのこと好きです。こーへーはノアのこと好きですか？」

ノアちゃんは僕の目をまっすぐ見て、そう言った。

え？

長いまつげに縁《ふち》どられた、向かい合っている僕の顔まではっきり見えてしまいそうな大きな、青味がかった黒い瞳。神秘的な色さえ湛《たた》えたその目に浮かんでいたのは、普段ケーキをパクついているときの子犬のような愛らしさでも、銃《じゅう》を構えているときの集中でもない、なんだか大人びた、僕の気のせいかもしれないけれど、どこか切ないような、寂《さび》しげな色だった。

「ノアちゃん？」

「こーへー、ノアのこと、好きじゃないですか？」

「いや、あの、も、もちろん……」

ノアちゃんの言う「好き」が、いわゆるそういう「好き」じゃないのはわかってたけど、こんなふうに面と向かって言われると、胸がきゅっと締《し》め付けられるような気がしてくる。

「も、もちろん、僕も、す、好きだよ」

僕は、なんだか本当に恋の告白をしているみたいな気分で、ようやく、言った。

ノアちゃんは、急にはっと我に返ったように、なって、それから俯《うつむ》いた。

「そうですか。なら、ノア、ここにいます」

口調はそっけなかったし、顔もよくは見えなかったけれど、ノアちゃんの色の白い頬《ほお》は薄く桃色に染まっているように見えた。

「と、とりあえず、その荷物押入れから出しなよ。そしたら冷房費は、いらなくなるでしょ」

僕は一生懸命、何事もないような顔を作って言った。まだ心臓は、ちょっとだけ大きめの音を立てていた。

⚙

⚙

⚙

行ってきます、と声を掛けると、和室のふすまがからりと開いて、ノアちゃんが顔を出した。

「いってらっしゃいませ」

ぺたりと正座して、三つ指をついて挨拶《あいさつ》してくれる。なぜか最近、ノアちゃんは僕を見送ってくれるようになった。しかもこのスタイルが「正しい日本の見送り方」だと信じているようで、いくら言ってもやめてくれない。新婚夫婦みたいで、何度やられても、照れくさい。また変なマンガ、読んだな、きっと。

「朝ごはんはテーブルにあるからね。おやつも冷蔵庫に、エクレアが」

はい、と答えるノアちゃんの表情が微妙《びみょう》に変化する。感情を押し殺して冷静な顔を作ろうとしている、でも我慢《がまん》できない。そんな顔。

じゃ、戸締《とじま》りよろしく、と言い置いて、僕は家を出た。

「……ああ、いい天気」

秋の空は見事に晴れ渡って、僕は思わず背伸びをする。深呼吸すると、肺に入ってくる空気までいつもより美味《おい》しい気がする。今日は珍《めずら》しくすっきり目が覚めて、ちょっと早めに家を出たが、この空を見れただけでも元は取れた気がする。

あれから、岩田《いわた》くんからの連絡はないが、ちはるのところには二、三回電話があったみたい。なんで僕のとこじゃないんだよ、とはちょっと思うが、そっちのほうがいいのかもしれないな。岩田くんは最近、建築の現場で働きだしたらしい。ちょっと落ち着いたら遊びに行くわ。そう言ってたと、ちはるが教えてくれた。そのちはるは、昨日から風邪《かぜ》を引いて寝込んでいる。この季節になると、いっつも風邪引くんだ、あいつは。帰りに見舞いにでも行ってやろうかな。

そういえば、いつも来てもらってるばっかりだし。

そんなことを考えていたら、いつもより歩くのが遅かったのか、僕の横をぶおん、とエンジン音を残してバスが追い抜いていった。

やばい。いつも乗るやつじゃん！

バス停までは一〇〇メートルちょい。必死でダッシュ。

それでも乗り遅れる、と覚悟《かくご》していたがバスは停留所でとまっていてくれた。ラッキー。今日はツイてるかも。

でも、乗り込んでバスが走り出した瞬間《しゅんかん》、あれ？　と思った。

いつもよりも全然、空いている。大抵この時間は、僕と同じように通学する生徒でそこそこ埋まっているのだが、今日に限って乗客は優先席に座っているおじいちゃんとおばあちゃん、居眠りをしているサラリーマン、鏡を覗《のぞ》き込んでいるＯＬ風の女の人、中年のおばさんと数えられるほどで、立っている人は一人もいない。

乗るバスをまちがえたかとも思ったが、バスを追いかけて走っているときにしっかりと行き先を見ていたので、いくら僕がおっちょこちょいでもまちがえるはずはない。

もしかして、一本早いのに乗れたのかも。

それならあり得る。今日は早めに出てきたし、ノアちゃんの三つ指攻撃から逃げたくて支度も早かった。

それにしても、一本ちがうだけでこんなに空いてるんだ。今度から、こっちにしようかな。

「やあ」

そう考えながら一番奥の席に座る。シートは広いし、いつ目の前に人が立って、その人がお年寄りか中年かの微妙《びみょう》なお年頃だったらどうしよう、席を譲って逆に怒られたら、などと無駄《むだ》な気を遣わなくてすむから、この席は僕のお気に入りなのだ。

「おはよう」

最初、僕に話しかけられてるなんて考えもしなかった。あわてて横を見ると、白髪の男性が僕のほうを見つめて穏やかに微笑《ほほえ》んでいた。

「おはようございます」

一応、挨拶《あいさつ》を返しておく。どこかで見たような気もするが、思い出せない。学校の関係者かもしれないし、僕が忘れてるだけかもしれないし、そもそも会ったことがない人で、隣り合った礼儀として挨拶しているのかもしれない。

そこまで考えて、ふと思った。

こんな人、乗ってたか？

改めて、乗客を見渡す。

優先席のおじいちゃんとおばあちゃんはにこやかに会話し、居眠りをしているサラリーマンは座席から落ちそうになっている。ＯＬ風の女の人はコンパクトをハンドバッグに仕舞い、中年のおばさんはぼんやりと窓の外を見ている。そう、僕が乗ってきた、さっきまでとなにも変わらない。ただ、僕の隣の人以外は。大体、後ろの席に誰もいないと思ったから、ここに座ったのだ。

「いい天気だなあ」

窓の外を見て、のんびりとした口調で言う。

グレーのコートを着て、革の書類鞄《かばん》を膝《ひざ》の上に乗せている。出勤途中の銀行員にも見えるし、徹夜《てつや》明けの自由業にも見えるし、でも、仕事は舞台美術の製作です、といわれたら、やっぱりそうかと思いました、と言ってしまうかもしれない。細いけれど細すぎない目、高くも低くもない鼻、大きくも小さくもない口。珍《めずら》しいくらいに特徴のない顔だ。鼻の脇《わき》の大きなほくろがなければ、バスを降りた途端に忘れてしまうぐらい平凡な顔立ち。いや、平凡のほうがまだ平凡ということで記憶にも残る。この人の場合、恐ろしいほど特徴がない。ただ、髪の毛が真っ白なわりに肌にはハリがあって、見た目よりもずいぶん若いのかもしれない。

「まさに平和そのものじゃないか、なあ？」

僕はあいまいにうなずく。男はあくまでも穏やかな口調で話しかけてくる。

バスが停留所にとまった。おばあさんとおじいさん、そして中年のおばさんが降りていく。乗ってくる客は誰もいない。

びぃー、とブザーが鳴ってドアが閉まり、再びバスが走り始めたときに、僕の胸に急に後悔《こうかい》がこみ上げてきた。

いまの停留所で降りればよかった。一本早いのに乗ってるんだから、そこで待てば済む話、いや、もしかしたらこれからの出来事によっては遅刻なんて、大したことではなくなるかもしれない、そんな不安がよぎった。

「平和っていうのは素晴らしいことだよ。平和ボケ、なんていうが、ボケられるぐらい平和だっていうのは実に素晴らしい」

隣の男は滔々《とうとう》と語り続けている。

「昨日と同じような今日があり、今日と同じような明日があり、明日と同じような明後日《あさって》があり、その繰り返しで、気が付いたら死んでいる。そういう人生が俺の理想だ。平和というのは、それには最適だ。そう思わないか？」

言葉は問いかけだけど、男の目は窓の外を向いている。もしかしたら問いかけてすらいないのかもしれない。

「そんな人生は退屈《たいくつ》そうですね、なんてわかったような顔でいう連中もいるが、そんな連中は大馬鹿《おおばか》もいいとこだ。そういう連中にかぎってじたばたしやがる。自分の力で世界が回る、自分は世界の中心だ、みたいな顔しやがって。人間なんてな、誰だって回してんじゃねえ、回されてんだよ。ロックスターでもメジャーリーガーでも総理大臣でも、な。誰だって、運命の歯車ってやつに乗っかって、回されてるだけだ。だから、俺に言わせりゃ、退屈こそ人生だよ。退屈だけが、秩序《ちつじょ》で、価値だ」

またバスがとまった。ＯＬ風の女性がバスを降りて、完全に眠り込んでいたサラリーマンもびくりと身を震わせて立ち上がり、あわてて後に続く。乗ってきた客は、またしても、ゼロ。

僕も立ち上がろうとしたが、どういうわけか身体が動かない。頭の芯《しん》も痺《しび》れたようになっている。

ぶぅぅん、という小さなエンジン音の中でただ、男の声だけがクリアに聞こえてくる。

「俺は眠狂四郎《ねむりきょうしろう》のファンでね。あいつはわかってるよ。退屈ってやつの価値が。そこ行くと旗本退屈男《はたもとたいくつおとこ》はいけねえ。あいつはあんなに退屈できる贅沢《ぜいたく》さをわかってねえんだ。だからじたばたしやがって、みっともねえ。スタイルがねえんだよ、あいつは。俺に言わせりゃ、ね。

だから俺は憎むんだよ。戦争や逸脱《いつだつ》や無秩序を、白い画用紙にたらされた一点の染みを。完全な和音に混じった場違いな音符を。正しく回らない欠陥《けっかん》のある機構を。それこそが害悪なんだよ。死に値する罪なんだよ」

顔も口調も穏やかに、わけのわからない激しい言葉を吐《は》く男の声は、でもぼんやりと聞こえてくるだけだった。やばい人だ、とすら思えなかった。ただ白く煙った靄《もや》の中で道に迷ってあてどなく歩いているような、足元が頼りないふわふわした気分。

「憎む……、憎むっていう言葉、退屈の反対語みたいですよね」

口が勝手に動いていた。

男の顔が一瞬強張《いっしゅんこわば》ったように見えた。でも、男が立ち上がったために、その顔は逆光の中に隠れて見えなくなった。

「面白《おもしろ》いな、お前。面白いよ」

男はそのまま、ふらつきもせず走行中のバスの通路をゆっくりと歩いていく。ちょうど運転席のところに到着したと同時に、バスが停車した。

はっと気が付くと、次が僕の目的の停留所だった。あわてて停車のボタンを押す。前を見ると、乗客は僕以外には誰もいなかった。

◎ ◎ ◎

学校に着いても、なんだか調子が出なかった。ぼんやりと授業を受けて、ぼんやりとお弁当を食べた。ぼんやりと掃除して、ぼんやりと部室に来て、ぼんやりとみんなの無駄話《むだばなし》を聞いていた。そういうといつもと変わらないんだけど、朝、バスで出会った男が発散していた妙《みょう》な毒気のようなものが抜けきらなくて、いつもよりももっとぼんやりとして、なにをしていても上の空だった。

「お前、どした？」

気がつくと、目の前の里見《さとみ》が心配というよりは不思議そうな顔をしていた。

「ヘンなもんでも食ったか？　食あたり？」

「そうかも」

ただし、あたったのは食べ物じゃなくて人間かもしれない。

「拾い食いは、頭に来ますからね」

二年の唐島《からしま》さんが、読んでいた文庫本から目も上げずに言った。

文研だけでなく演劇部にも所属している唐島さんは、芝居の稽古《けいこ》に飽きるとふらりと部室に現れる。普段はどちらかというと無口だが、眼鏡《めがね》を外して舞台に立つと人格が変わる。一度、彼女がジュリエット役を務める「ロミオとジュリエット」を見たが、舞台に立っている間中、「ロオミオォォォ!!」「ロオミオォォォ!!」と力の限り叫び続けるという超アバンギャルドなジュリエットを、なぜだか水着姿で演じ切り、その地味顔のクセに妙に豊かな胸と激しいテンションは「一体、我々はなにを観させられているのだ？」と、観客を不安のどん底に叩《たた》き込んだものだ。

「最近、ノアちゃんも来ないし」

里見の言葉に、唐島さんの眼鏡の奥の目が怪《あや》しく光る。

「やはり、野島《のじま》は私のことが嫌いなんですね」

ノアちゃんが来たときに限って部室にいない唐島さんは、それを根に持っているらしい。

「どうしてそんな美少女イベントが発生してるのに、私を無視するんですか。稽古中でも呼び出してくれるべきでしょう」

べき、って。

「じゃ、今度来たら呼びますよ」

「今度っていつですか」

「……そんな子供みたいなことを」

「やっぱり私のことが嫌いなんですね。なぜです。私が微妙《びみよう》にナイスバディーでそこに生々しい女を感じてしまうからですか。それとも私がデレないツンだからですか」

そんな無駄話《むだばなし》をしているうちにちょっとだけ気分が軽くなってきた。そういえば今朝、妙《みよう》な人に会ってさ、そんな話でもしてみようかな。そう思ったとき、

「ノアちゃんといえばさ」

途端にでれでれ、と里見《さとみ》の顔が笑み崩れた。

「もしかして、俺に気があるのかも」

「え？」

なんで急にそんな話になる？

「いやこの間ね、ノアちゃん部室に来たときさ、聞かれたんだよ。友達の好きと恋人の好きはどうちがうのですかって」

里見はにたにたとした顔のまま言った。

「はあ？　なにそれ？」

「なあ？　なにそれだろ？　でもさ、そんな話題って、やっぱ、フラグじゃねえ？　私、里見くんのこと友達だと思ってたけど、もしかしてこの好きは恋人の好き？　なに、この胸のどきどきは？　みたいな」

　里見は妙に声をひっくり返して、胸の前で両手を組み合わせるという乙女ポーズを取って続けようとしたとき、

「いや、それ、俺も、聞かれた」

　愛読の雑誌、その名も『月刊奥義』に目を落としていた大竹《おおたけ》がうっそりと言った。

「丹沢《たんざわ》さん、佐川《さがわ》さん、みんな、聞かれてた。家族と友達と恋人はどうちがう、とか」

「それでなんて答えたんだよ」

　乙女ポーズのままで椅子《いす》からずり落ち、しかも落胆の表情を浮かべるという器用なことをやりながら里見が尋《たず》ねた。

「小一時間考え込んで、答え、出なかった」

　今度は一体なにに興味を持ったんだ？　僕がそう思いながら、

「そんなに考えたんだ」

　と言って、

「……なぜ、なぜ、なぜ、みんなで寄ってたかって私をのけ者にするの！」

と唐沢《からさわ》さんが突如《とつじょ》演劇モードに入ってメートルを上げたとき、視線を感じた。

いくら鈍感な僕でもはっきりとわかる、見られているという感覚。どこかから誰かが、僕のことをじいっと見ている。

ノアちゃん？

いや、ちがう。とりあえず〝弟子入り〟してからノアちゃんは僕をのぞくようなことはしなくなったはずだ。

何気ないふうを装《よそお》って窓際《まどぎわ》に近寄って、外を見る。南向きの窓からは向かいの校舎が見える。誰もこちらを見ていない。やっぱり気のせいだったのかな。そりゃそうだ。僕のことなんかのぞいてみても仕方ないもの。きっと気のせいだ。ちらっと視界の端《はし》を黒いものが横切った気がしたのも、きっと、気のせいにちがいない。

「ただいま～」

家に帰ると、なんとノアちゃんが大掃除の真っ最中だった。

「あ、師匠《ししょう》。お帰りなさいですー」

両親がいないこともあって、僕には普段使う場所しか掃除する習慣がない。自分の部屋と、リビングと、キッチン。あとトイレと風呂。

「うわあ……」

僕は思わず、感嘆の声を上げた。家中の窓も床もぴかぴかに磨《みが》き上げられている。

「師匠、ちゃんと掃除しないとだめです」

見ると電灯のカサや配電盤《はいでんばん》、ブレーカーに溜《た》まったホコリまで綺麗《きれい》にふき取られていた。

ふう、と額《ひたい》に浮いた汗をぬぐって、ノアちゃんは言った。

「僕も手伝うよ、なにすればいい？」

「いいです、もう大体終わりました」

つん、と澄ましている。

「じゃ、お茶にしよう。おやつ食べた？」

まだ、と途端にその顔がほんの少しだけ緩《ゆる》んだ。

「なんでまた、急に掃除なんか」

エクレアを食べながら、というか正確にはエクレアを食べているノアちゃんを見ながら僕は尋《たず》ねた。

「ノアの恩返しです」

指についたクリームを夢中でなめながら、ノアちゃんは上の空で答える。

「お世話になったので」

ああ、そっか。ごたごたしててすっかり飛んじゃってたけど、家に来たほうがいい、ってちはるが言ってたよな。ノアちゃんもそうすることにしたんだ。

正直なところ、ちょっと寂しくもある。中学の後半ぐらいから、両親の海外出張が長くなりほとんど一人暮らしのような状態だった。もともとひとりでいるのが苦にならないタイプだったらすごく気楽でよかったけど、でもなにかちょっと、物足りなくなる瞬間《しゅんかん》があった。家に帰って、つい「ただいま」って言っちゃった直後とか、暇《ひま》つぶしに作ったお菓子がちはるの家に持っていっても余っちゃったときとか。

ま、向かいに移るだけなんだし、賭《か》けてもいいけど、こうやってお茶の時間になると毎日来るんだろうし。

「それで、今日はどんなことがありましたか」

テレビを見ながら二つ目のエクレアを食べ終えたノアちゃんが幸せそうなため息をついて尋《たず》ねた。テレビの芸能ニュースを見流しながらおやつを食べて、その日の出来事を話すなんて、両親が海外で暮らすようになってから、久しぶりだな。

「うーん、と。そうだ、朝、ヘンな人にあった」

僕は、相も変わらず三谷《みたに》選手と桜《さくら》あかねのさらなる密会を報じる芸能リポーターの脂《あぶら》っぽい顔を眺めつつ、今日一日の出来事を思い出して、言った。テレビでは最近現れた、「私も三谷選手に弄《もてあそ》ばれた！」とかいうどこだかのホステスがモザイク越しに三谷選手の不実をなじっている。奇《く》しくも丹沢《たんざわ》さんの予言どおりになったわけだ。

「それもこーへーの友達ですか」

ノアちゃんは僕の顔とあとふたつ残ったエクレアを交互に見ている。

「ちがうちがう、バスで会ったんだよ。初対面の人」

皿をノアちゃんのほうに押しやった。

「どんなひとですか」

無表情をキープしたまま、うふふ、と呟《つぶや》いてひとつ手に取り、ぱくっとかじりついて、うはあ、と吐息《といき》をもらした。

「ええっと、なんか地味顔の人」

一応答えたけど、もう話は聞いてないいんだろうな。

僕はノアちゃんの顔を見ながら、バスで隣の席に座った男の顔を思い出してみる。白髪で、鼻の脇《わき》に大きなほくろがあって……。だめだった。どれほど考えても、髪とほくろしか、思い出せない。

「なんか、会った次の瞬間忘れそうな顔した人でさ。いきなり話しかけてきて。退屈しか価値のあるものはない、とかなんとか」

ぴくんと手と口が止まって、ノアちゃんはちらりとこちらを見上げた。なにワケのわかんないことを。そう思っているのかもしれない。

「なんか、退屈だけが素晴らしいとか、退屈は秩序《ちつじょ》だとか」

なぜか弁解口調になってしまった。仕方ないじゃん、僕だってわけわかんないんだから、そんな目で見ないでよ。

でも僕の心中とか関わりなくノアちゃんの関心は再びエクレアに戻ったらしい、下を向いてもくもくとエクレアを食べている。

「それで、こーへーはなんか言ったですか?」

さらにじっくり味わうように残りひとつを食べ終えて、しばらく目をつぶって余韻《よいん》を楽しんでから、ようやくノアちゃんは言った。

「僕? ええっと……」

なんか言ったよな? なんて言ったんだっけ? 確か……。

「覚えてないや。なんか早起きしたせいか、なんかぼーっとしちゃって」

僕のオチもない退屈な話に飽きてしまったのだろう、ふうん、とノアちゃんは興味薄げに呟《つぶや》いて、やけに真剣な顔で空になったお皿をじっと見つめている。そこにはもう、ほんのちょびっとだけ、カスタードクリームがこびりついているだけだ。もしかして、お皿なめちゃおっかなとか思ってる?

でも気のせいか、ノアちゃんの様子は、いつもお菓子を食べ終わったときの、ほわわあああんとした感じとは、少しちがっていて……。

もしかして、今日のはあんまり美味《おい》しくなかったのかな？

「エクレア、イマイチだった？」

僕が尋《たず》ねると、ノアちゃんは急に顔を上げた。

「いいえ、そんなこと、ないです」

そう言うと、ノアちゃんはまたお皿に視線を落とした。その顔は、なんだか妙《みょう》に、真剣だった。

◎　◎　◎

「で、変わったことはないか？　勉強はちゃんとやってるか？　ちはるちゃんとも仲良くやってるか？」

正確に答えるなら、最初の問いは「ある」、次のは「やってない」、最後のは「普通」あるいは「微妙」ってところだろうが、正確に答えることが常に正しいとは限らない。「嘘《うそ》はいかん。でも、つくなとは言わん。あんまり、つくな」というこれまた実に正しい教えを授けてくれた当人に、だから僕はこう答える。

「うん、大丈夫」

そうか、という父さんの声ははっきりしていて、この声が海の向こうから届いていることが不思議になる。電話の向こうから、早く切んなさい、高いんだから、という母さんの高い声が聞こえる。

海外にいるとき、僕のことを心配して頻繁《ひんぱん》に電話してくるのは父さんだ。母さんはそれとは逆に、最低限の用事をメールしてくるぐらい。二人は今オーストリアのどこだかという街にいる。現地のパティシエと一緒になって、大きなセレモニーでお菓子を作るらしい。

なんか困ったことあったら、すぐに連絡するんだぞ、とホテルの番号を伝える父さんの声に、じじ、と雑音が混じる。

「あ、そうだ」

母さんがうるさいから、そろそろな、という父さんの声をさえぎって僕は尋《たず》ねた。

「クレーム・ランベルセのさ、父さんが作ってたホイップあるでしょう？　やってみたんだけど、どうしてもなんか上手《うま》くいかなくて」

昔よりは少しは上手になったところを見せようと、今度岩田《いわた》くんが遊びに来たときに備えて、最近クレーム・ランベルセに添えるホイップクリームを試作していた。だけど、どうも父さんの作るもののようにはいかない。

「ああ、あれか。あれな、ラム酒入れるだろ。いいやつ使え。スーパーとかのじゃなくて、酒屋でいいやつ買え。それを多め、な。しっかり炊《た》けばアルコールも飛ぶから。それからな……」

お菓子の話になると、父さんはとたんにうれしそうになる。雑音交じりの声を聞いて僕はメモを取りながら、なんかすごいなって思う。

そういえば、なんで父さんはパティシエになろうって思ったんだろ？　丹沢《たんざわ》さんに聞いた三谷《みたに》選手の話じゃないけれど、すごいハンドボールの選手だったのなら、コーチになるとかいろいろありそうなものなのに、なんでまた、お菓子。

今度帰ってきたらゆっくり話を聞いてみたい、と思った。

延々と続く父さんのアドバイスがいきなり途切れた。

「もう！　父さんにお菓子の話振らないで！　長くなるんだから、続きは帰ってからね！　じゃ、火の用心！」

母さんの高い声が響き渡って電話が切れた。身体に気をつけてとかおやすみとかなんとか、他に言うことあるだろうに、火の用心って。まあ確かに大事だし、身体に気をつけてとか漠然《ばくぜん》としたこと言われるよりもよっぽど気をつけやすいけど。

母さんはいつでもこんな感じで実際的というか、現実的というか。父さんはその逆で、普段は僕の身体のこととか食事のこととか、どっちが母親だ？　っていうぐらいに心配するけど、お菓子のことになると周りが見えなくなるぐらい突っ走る。母さんはいつも「普通に明るい」ぐらいをキープしてるけど、父さんは騒ぐときは思い切りハイになって、失敗するとずうんと落ち込む。まあ、いいコンビだけど。

僕はどっち似かな。周りのことからちょっと引き気味のとことか母さんだし、ちはるにも言われたけど、人のことばっかり気にしてるわりには人の気持ちわかってないとことかは父さん似。テンションは平均して、「普通に暗い」ぐらいをキープ。考えてみれば、あんまり良くないとこばっか似てる気もするけど、でも、それじゃあどんな女の子とだったらいいコンビになるんだろうな。

僕は具体的な誰かの顔が出てくる前に、ぱっと立ち上がった。こんなこと考えていてもロクなことはない。とりあえず、走ってこようと思ってジャージに着替えた。

「ちょっと出かけてくるね」

出掛けに和室に声を掛ける。ふすまは閉まっていたが、はあい、と応えがあった。

⚙　⚙　⚙

スニーカーを履き、家を出て、一〇〇メートルも行かない間にふと思いついた。

「あ、ラム酒……」

さっきの電話で、高いラム酒多めに入れるといいって言ってたよな。この間作ったときのラム酒は製菓のミニボトルで、そのせいか、なにかもうひとつ……、な味だった。試食係のノアちゃんも、う〜ん、って顔をしていた。ノアちゃんはさすがに味には敏感で、そこそこ上手《うま》くいったときは猫にマタタビになるけど、今ひとつのときは今ひとつ、っていう顔になる。正直、悔しい。

　財布を取りに家に戻ってから、もうひとつのアドバイスを思い出した。火の用心、だ。だから一応チェックをしに台所に入って、ぎょっとした。

　コンロの上で、ヤカンがしゅんしゅん湯気を上げていた。

　いつも嫌《いや》な音を響き渡らせる注ぎ口の蓋《ふた》も開いていたから、このままにしていたら誰も気がつかないで火事にでもなってたかもしれない。

「危ね……」

　さすが母親。子供の性格ぐらいお見通しらしい。なにかひとつやりかけて、途中で別の用事が入ると最初にやってたこと、忘れちゃうんだよな。いかんいかん。さっきも電話が掛かってくる前に、ヤカンを火に……、掛けた、んだっけ？

　掛けたんだよな、多分。なんで掛けたんだろう。僕が掛けたのか？　もしかしたらノアちゃんがお茶でも飲もうと思ったのか？

　今ひとつ釈然としないまま、再び家を出た。

「ノアちゃん、火止めといたよ」

　声を掛けたが、閉め切られた和室からは返事がない。一応、顔を見て言っていこうかとも思ったが、ふすまを開けて着替え中だったりしたら、非常に困る。いや、まずいまずい。

今度は玄関の鍵《かぎ》もしっかり確かめてから、再び駅前の商店街目指して走り出す。あの辺りならそこそこ大きな酒屋もあるだろう。

まだ八時を少し過ぎたばかりで、駅に近づくにつれて人通りも多くなっていく。ふと足元に視線を落とすと、靴《くつ》の紐《ひも》が解け掛かっていた。結びなおそうかな、と一瞬《いっしゅん》思うが、まあもうちょっとだし大丈夫だろうと思ってそのまま走り続けた。

なんだか騒がしい夜だった。どこかでパトカーだか救急車だかのサイレンが鳴っている。犬もけたたましく吠《ほ》えている。

そういえば、と岩田《いわた》くんと会った夜のことを思い出す。岩田くんにしつこく絡んでくるという上級生に二人で立ち向かった、というか二人してぼこぼこにされたあの夜だ。あの夜も、なんだか騒がしかった。

なんだかノアちゃんに出会ってから、やたら騒がしいことが増えたな。

そう思うと、自然と頬《ほお》がゆるんだ。元々、僕は平和で静かな暮らしを愛するタイプで、忙しかったり騒がしかったりするのはどうも苦手なのだ、などと難しい顔を作ってみようとしても、つい笑ってしまう。

世界を正しい方向に導くための秘密組織に所属していてちょっとヘンな日本語を喋《しゃべ》って甘いものには目がないノアちゃん。ノアちゃんと一緒にいる限り、僕の周りはずっと騒がしいんだろうか。そういえば、ノアちゃんはいつまでいるんだろう。来週、来月、来年、それとももっと先まで？

ノアちゃんがいなくなることを想像したけれど、上手《うま》くいかなかった。ほんの少し前に、元に戻るだけなのに。

とにかく、今夜ぐらいは騒々しいことと無縁《むえん》でいられますように。

そんな僕のささやかな願いはその直後、完全に神様に無視されることになる。

◎　◎　◎

商店街の外れ、店がぽつぽつと並ぶ辺りに人だかりができていた。人だかりの中心から、赤や青の光がこぼれて、路面や壁を染めている。

なんだろう？　派手なネオンサインなんか出して、こんな時期に大売出し？　と思って近寄ってみると、厳しい顔の警察官が二人、黄色く張られた非常線の外側に立っていた。

「私、見ましたよ！　見たんですよ！　男がいきなり女の子に殴りかかって……！」

やたら元気そうなおばさんが警官に向かってなにやらまくし立てている。えらく興奮しているらしい。後ろにはパトカーが二台と救急車。ネオンだと思ったのは、回転灯だったようだ。

救急隊員が毛布をかぶせたタンカを救急車に乗せるとき、その毛布の端《はし》から細くて白い足首と、ベージュのパンプスがちらりと見えた。

なにかあった?

「ひったくりらしいわよ」

僕の横にいたおばさん二人組が言い交わしているのが聞こえた。本人たちはひそひそ話をしているつもりだろうが、声のボリュームはかなりでかい。

「自転車で後ろから来た男に、いきなりバットみたいなので殴られて、鞄《かばん》取られたんだって」

「怖いわねえ」

「被害者の女の子、頭から血を流してて、もう私震えちゃったわよ」

「怖いわねえ」

怖いわねえ、しか言わない片方のおばさんは、しかし本当に怖がっているふうではなくて、身を乗り出さんばかりに警官と救急車のほうを見つめている。

それって、ひったくりって言うより、強盗じゃん。そう思いながら僕はその場を離れた。

怖いわねえ。おばさんではないが呟《つぶや》いてみる。この間も通り魔があったし、最近多いな、こういうの。ちはるは生徒会の活動もやっていて、遅くに駅を使うこともあるから気をつけるように言っておかないと。

アーケードの中は車がすれちがえるぐらいの幅《はば》はあるけど、人も自転車も多くてさすがに走れない。ひったくりというか強盗犯も、こんなところをバット持って自転車に乗ってて、誰にも咎《とが》められなかったのか。人が多いと安全なように思うけど、案外そういうことは関係ないのかもしれない。

「あのう」

いきなり話しかけられて、びくっとして振り返ると、そこには背の低いおばあさんが立っていた。

「この辺りに、ラ、ラ、ラ……なんとかというお菓子屋さんがありませんかねえ」

おっとりとした感じで言う。大きな眼鏡を掛けた優しそうな人だ。杖《つえ》をついて、大きな旅行鞄を引きずっている。

「ラ……なんとか、ですか？」

当然、「ラなんとか」という店の名前ではないのだろう。僕もこの辺りのお菓子屋はいろいろ知っているが、さすがにいきなり「ラ」で始まるお菓子屋は？ と問われても即答《そくとう》はできない。

「ちょっと、わからないですねえ……」

そうですか、とおばあさんは悲しそうに言った。

「歳を取るとカタカナの名前が覚えられなくてねえ。孫に土産《みやげ》をと思ったんですけどねえ……」

そう言って二つ先の駅の名前を挙げた。どうやら、遠くから孫に会いにやってきて、わざわざ孫の好物を買うために手前で降りたらしい。

「なんだかふわふわしたやつらしいんですけどねえ……。どうも、ご面倒をお掛けしました……」

そういって歩き去ろうとする。なんだか申し訳ないな、と思いながら小さな背中を見ていたらひらめいた。

「あ、もしかして、『ラ・シフォン』じゃないですか?」

『ラ・シフォン』というそのシフォンケーキの専門店はなかなか評判がよく、遠くから買いに来る客もいるから、たぶんまちがいない。ふわふわしたやつ、だし。

「そこだったら、ここをまっすぐ行って……」

と説明してみたのだが、おばあさんの顔を見ているうちに不安になってきた。その店は味も有名なのだが、場所のわかりにくさでも有名で、方向音痴《おんち》の奈々《なな》さんなどは、三回行って三回とも道に迷って帰ってきたほどだ。

「せっかくだから、近くまで一緒に行きますよ」

僕の申し出に、おばあさんは顔を輝かせて、こちらが申し訳なくなるほど、すみません、すみません、と何度も頭を下げた。

「鞄《かばん》、持ちましょう」

遠慮するおばあさんから、半ば強引に鞄を預かって、持ち上げた瞬間《しゅんかん》、僕は心の中でうなった。

(お、重!)

いったいなにが入ってるんだろう。本か、米か、水か。たぶん十キロや二十キロじゃ利《き》かないぞ。

おばあさんを見ると、明らかにほっとした表情を浮かべている。重いから返します、というわけにもいかずに、内心ぜいぜい言いながら、おばあさんを店の前まで連れて行ったときには、大分時間が経《た》っていた。

再び何度も繰り返されるおばあさんのありがとうを聞きながら、僕は走り出した。本当は駅まで送って行ってあげればいいのだけれど、そこまでの道はずいぶんわかりやすいし、それに酒屋の閉店時間が迫っていた。

息を切らしながらようやく酒屋の前にたどり着くと、今まさに店主がシャッターを下ろそうとしているところだった。

「すみませーん、まだいいですか?」

声を掛けると、あごひげを生やした店主は露骨《ろこつ》に嫌《いや》な顔で僕を上から下まで眺めた。ふん、と言ってから顎《あご》をしゃくる。一応ＯＫということだろう。

すみませんすみません、と必要以上にこそこそしながら店の中に入る。僕が店に入ると、店主はそのままシャッターを下ろしてしまった。よほど早く店仕舞いしたいらしい。

……なんか、感じ悪いな。

僕だって別に長居したいわけじゃない。とっとと出て行こうとしてラム酒のコーナーを見つけた僕は、

「高っけえ……」

思わず唸《うな》った。一番安いもので千円台、高いものだと三万円もする。製菓用のだと量が少ないから安いけど、ボトル一本だとこんな値段になっちゃうんだ。

店主が早く帰ってくれ、というオーラを出しているのは見なくてもわかったので、とりあえず手持ちのお金で買える二千円ちょっとのものを選んでレジに持っていく。

「君、高校生だろ？」

しかし、レジ台の上に載せたボトルと僕の顔を見ながら、店主は不機嫌な声で言った。

「未成年は飲んじゃだめっての、常識だろ。何度も言わせるなよ！」

いや、一度しか聞いてないんですけど、と思いながらも僕は説明を試みた。

「いや、飲むんじゃなくて、ケーキに使おうと……」

ふん、と店主は再び鼻を鳴らしてみせた。

「いろいろ言い訳、考えんだな。とにかく売れないから」

そういって、僕の返事も待たずに、ラム酒を仕舞いこんで、コーラのペットボトルを置く。

「子供はジュースにしとけ」

手ぶらでは帰るなってことらしい。

「いや、でも……」

言い返そうとしたが、店主ににらみつけられて、僕は仕方なく一五〇円を払って店を出ようとした。コーラは冷えてもなくて、しかも袋に入れてくれようともしなかった。

「シャッター閉めちゃったから、裏口から出てくれる？」

横柄《おうへい》な店主の口調に僕は憤然《ふんぜん》と、といいたいところだったが、現実はあいまいな半笑いのまま店主の言いなりになって裏口から外に放り出された。何度か来たことあるけど、前はこんなヤな感じじゃなかったよな。人間って、ちょっと見ない間に変わるんだな。

「なにしに来たんだろ……」

両脇《りょうわき》をうずたかく積まれたビールケースやダンボールに挟《はさ》まれて、ため息をついて歩きだそうとしたそのとき、身体が思い切り前につんのめった。転ぶ直前、右足が、左足の靴紐《くつひも》を踏んでいるのが見えた。

（ついてないなあ……やっぱちゃんと結び直しておけばよかった……）

頭の片隅《かたすみ》でそう思ったとき、僕の身体になにかがすごい勢いでぶちあたり、それはそのまま僕の身体につまずくような形でビールケースの塔に突っ込んでいった。あっというまにバランスを失ったケースが崩れ、大量のビール瓶《びん》と共にそのなにかと僕の身体の上に降り注いだ。


「……お願いします」

僕はおなかに力を入れて心の準備を整えた。ノアちゃんも、かなり緊張した顔で、息を詰めて成り行きを見守っている。

「ナイフ」

「はい」

「ヘラ」

「はい」

たっぷりの脂肪《しぼう》を含んだ白い層が目の前に現れる。地の黄色とぽつぽつと散る、赤。

「スポンジ」

「はい」

「プレート」

「はい。汗は？」

「……それは大丈夫」

よし。

「できた！」

「やたー!!」

ノアちゃんが歓声を上げる。僕たちの目の前には、どっしりとした三層重ねのショートケーキが威容《いよう》を現していた。一番上に乗っかったホワイトチョコのプレートには「ＨＡＰＰＹ　Ｂ

IRTHDAY　CHIHARU！」の文字。

「ああ、緊張した」

普段、ひとりで作ってるときはそんなことないんだけど、ギャラリーがいるとダメみたい。

「緊張しましたねえ」

緊張の原因であるノアちゃんは、僕の隣でなんだか満足げに、額《ひたい》の浮かんでもいない汗をぬぐっている。

「ノア、役に立ちましたか？」

「う、うん。立った立った」

「そうですか！　さすがノアですね！」

うれしそうなノアちゃんの顔を見ていると、正直ひとりのほうが楽です、とはなかなか、言いづらい。それに、こうやって誰かに手伝ってもらってケーキを作るのも、若干手術コントみたいではあったけど、けっこう楽しいものだ。

「じゃあ、早速《さっそく》持っていこうか」

「はい！」

僕がちはるのリクエストに応えて、誕生日のお菓子を作るようになったのはいつの頃からだろうか。確か幼稚園のときにはもう、父さんに教わりながら、クッキーを焼いていた気がする。

今年のちはるのリクエストは、「ごくごく普通の洋菓子屋さんにあるようなショートケーキ」。

この「ごくごく普通の」っていうのがけっこう難題だった。要するに、たっぷりバターのスポンジにたっぷり生クリームのデコレーションで、おしゃれ過ぎない家庭的な懐《なつ》かしい感じってことなんだろうけど、それが意外に難しくて、何回も試作してしまった。

「あら〜、いらっしゃい」

ドアを開けてくれた奈々《なな》さんが満面の笑顔を浮かべる。

「奈々ママ、こんにちはです」

「ノアー!!」

奈々さんが高い声を出して、ぺこんと頭を下げたノアちゃんを抱きしめた。

「早くこっちに越してらっしゃいって言ってるのに! 遠慮してるの? 遠慮なんかしないでいいのよ!」

抱きしめられたまま耳元でまくし立てられてノアちゃんは固まったまま目を白黒させている。ときどきちはるのとこにも遊びに来ているノアちゃんは、もうすっかり奈々さんのお気に入りだ。

「いらっしゃい」

ちはるが奈々さんの後ろから顔をのぞかせた。なんだか照れくさそうな感じで、俯《うつむ》き加減でもじもじしている。まあ、高校一年生にもなって、母親と近所の幼馴染《おさななじ》みと一緒に、お誕生日会ってのも恥《は》ずかしいだろうな。

と、ノアちゃんがとことこ、とそばに寄って行って、じいっー、とちはるを見つめていたかと思うと、

「ちはる、かわいいですね！」

素《す》っ頓狂《とんきょう》に大声を上げた。

「そ、そう？　似合うかな……？　変じゃ、ないかな……？」

ちはるはそう言うと、なんだか落ち着かない感じで髪の毛を触り始めた。

「かわいいですよ！　いいなー！」

それで初めて気がついた。いつもはお下げにリボンでまとめられてる髪が、今日はちょっと緩《ゆる》く巻かれて、おまけにうっすらとメイクまでしている。

「ちょっと恥《は》ずかしいんだけど……」

「私がやったのよ！　可愛《かわい》いでしょ？　浩平《こうへい》、どうよ？」

奈々《なな》さんは胸を張って言ってから、

「はあ……」

と首を傾《かし》げてる僕の背中を、ばん！　と叩《たた》いた。

「痛た！」

「張りあいない子ねえ！」

ちはるは内気でおとなしく、奈々さんはちょっと軽すぎるぐらいの外交的な性格だけど、叩

き方は一緒だ。

親子って、意外なところで似るんだな。そんなことを考えながらリビングに入ると、

「わあ！」

ノアちゃんがまた、歓声を上げた。

ピザやフライドチキン、サンドイッチ、大きな鍋《なべ》に入ったシチュー、テーブルの上には、所狭しと料理が並べられている。

「さ、浩平のケーキを真ん中に置いて……、よし、完成！」

奈々さんは満足そうに言った。

「ちょっとこれ……、多くない？」

「うん……。私もそう言ったんだけど」

僕が顔を寄せてささやくと、ちはるは困ったような顔で微笑《ほほえ》んだ。

「ユウくんも来れるかもって言ってて」

「岩田《いわた》くん？」

「あ、でも仕事が入っちゃったから、来れるにしても遅くなるってさっき電話あった」

そっか。子供のときは、僕らの誕生日は、決まって奈々さんの料理でお祝いしてもらってたんだ。こうやって奈々さんが山ほど料理を作ってくれて……。

「それに、ノアちゃんもいるからって」

しばらくちはると僕と奈々《なな》さんでお祝いだったけど、これからは岩田《いわた》くんだけじゃなくてノアちゃんも一緒にお祝いできるんだ。僕は目をまん丸にしてテーブルを見つめているノアちゃんを見て、なんだかうれしくなった。

「さあさ、座って！　じゃあお祝いしましょう！」

まるでクラッカーのような明るい声で、奈々さんが高らかに言った。

◎　◎　◎

「そういえば、浩平《こうへい》、大変だったんだって？」

奈々さんが言い出したのは、食事を始めてしばらくした頃だった。

「ああ、あの、まあ、うん」

あの夜、自分の靴《くつ》の紐《ひも》を自分で踏んで転んだ僕にぶつかってきたのは鉄パイプを持った若い男、そう、商店街でOLさんを襲ったひったくり氏だった。だが、僕から金を奪ったりするつもりではなく、ひったくり氏は酒屋の店主を狙《ねら》っていたらしい。

僕が行く少し前に、酒を買おうと店に入った引ったくり氏は、「子供っぽい」ことを理由に酒を売るのを断られ、しかも身分証明を見せるのを拒んだために、店を追い出された。むしゃくしゃしたひったくり氏は衝動《しょうどう》的にOLを襲い金を奪って、さらに店主への恨みを晴らすべく裏口で鉄パイプ片手に待ち伏せしていたところ……、出てきたのは自分で自分の靴紐《くつひも》を踏んで転ぶようなどんくさい少年、つまり僕だったというわけだ。

僕を店主とまちがえて鉄パイプによる制裁を加えようとしたひったくり氏は、僕が目の前でいきなり転んだため、その巻き添えを食って転倒してビールケースの塔に激突、しかも上から落ちてきたケースの角に頭をぶつけて、そのままのびてしまい、騒ぎを聞いた店主の通報によって御用《ごよう》となった。

もちろん僕もひったくり氏と一緒になって伸びていたから、そういう話は全部、目が覚めてから駆けつけた警察官に聞いた話で、驚いたのは、いつの間にか僕がひったくりを取り押さえたことになっていたことだ。

「転んだ僕に蹴《け》つまずいて、ひったくり氏も転びました」

と、僕は実に正直に供述したのだけども、それを聞いたお巡《まわ》りさんも「はあ？」という顔をするだけで、おまけに商店街で別の店を営《いとな》む知人（って、通り魔犯を通報したことで一躍《いちやく》有名になった、あの「キッチンステーション」の具志堅《ぐしけん》似のおっさんなんだけど）から話を聞いた酒屋の店主も、僕が有名なパティシエの息子で飲むためではなく製菓用に酒を買いに来たということをかなり遅まきながら信用するに至り、僕が店に入ったときの無愛想の埋め合わせのつもりなのか、

「なんて勇気のある少年だろう！　店に入ってきたときから一味違う少年だと思っていた‼」

などと大声で言い立てて、僕はあっという間に「ジョギング中の少年、お手柄《てがら》！」という地方紙の記事になってしまった。

「怪我《けが》とか、しなかったの？」

うん、と僕はうなずいた。

正直に言うと、ビールケースのおかげでたんこぶがいくつかできたけど、最近の僕の中ではそんなもの、怪我のうちに入らない。前までなら、これが原因で深刻なことに……とか考えていたかもしれないけど、今ではもうそれぐらいのことは気にしている余裕もない。これもまあ、ノアちゃんのおかげといえば、おかげかな。

そのノアちゃんは、さっきからしきりにちはるのほうを見て、いいなー、いいなー、かわいいなー、を連発している。そこまで開けっぴろげにほめられて、ちはるもかなり、照れくさそうだ。

「今度、ノアにもやってあげようか」

こちらは照れくさいどころか、実に自慢《じまん》げな奈々《なな》さんが言った。

「髪の毛とメイク。こう見えても、昔はカリスマ美容師って呼ばれたこともあったんだから。ノア、髪もきれいだし、美人だからきちんとしたらすごいことになるわよ！　あ、そうだ、誕生日いつ？」

「誕生日、ですか？」

「そう。ノアの誕生日も家《うち》でお祝いしましょ？　そのとき、奈々さんが本腰入れて、やったげる。ね、いつ？」

そうだ。僕もノアちゃんの誕生日、知らないや。お祝いにケーキ作ってあげなきゃな。ノアちゃんのことだから、なんか難しいのリクエストしそうだな。僕も奈々さんに負けないぐらい気合入れて……、と考えていて思い出した。前にノアちゃんに聞いた話。ソサエティの人間は、自分の本当の歳を知らないっていう話。だったらもしかして……。

案《あん》の定《じょう》、ノアちゃんはちょっと困ったような顔になっている。

やっぱり。ノアちゃん、自分の誕生日、知らないのかも。

「ねえ、いつ？　もう今年の、終わっちゃった？」

そんなことも知らない奈々さんが大きな声で言って、ノアちゃんはますます困った感じになった。

と、そんなことは知らないから助け舟のつもりでもなかっただろうけど、ちはるが自分の前にあるお皿と、ノアちゃんの前のものとをすっと取り替えた。

「はい、これ、ノアちゃんの」

「なんですか？」

「こっちのほうが大きいし、イチゴもたくさん乗ってるから。ノアちゃん、こーちゃんのケーキ、好きでしょ？」

「好きですけど……、でもちはるのお誕生日ですから……」

遠慮がちに言うノアちゃんの頭を、ちはるはなぜか、なでなでとしてみせた。

「いいの。ノアちゃんに食べて欲しいの」

「ちはる、なんでノアに、こんな親切です？」

ノアちゃんはおとなしく頭を撫《な》でられながら、そして目の前の大きなケーキを眺《なが》めながら、ぽつんと言った。

「え？　なんでって……。あ、私ね、ずっと姉妹《きょうだい》欲しくて。特に妹。妹がいたら、こうやってあげたいなってこと、色々あって、だからうれしくて。だから、ね、食べて？」

「ノア、いっそ家の子になっちゃいなさいよ」

その様子を見ていた奈々《なな》さんがうれしげに言う。

「そしたら、ノアは、家族になって、友達じゃなくなっちゃいます」

なんだか混乱したように、ノアちゃんは奈々さんを見上げた。

友達、家族。そういえば、前に里見《さとみ》や大竹《おおたけ》がノアちゃんにそんなことを聞かれたって言ってたな。なにがちがうのかって。なんでそんなことに、こだわってるのかな……？

「ノア」

僕も同じように混乱し始めたとき、なんだか重々しく、奈々さんが言った。

「あのね、ノアは今までとても大変なことがあったと思うの」

両親が死んで、継母《ままはは》に育てられて、苦労して日本に来て……。それが作り話だと知るはずもない奈々さんは、でも、ノアちゃんの両の頬《ほお》に優しく、優しく手をそえた。

「でも、もうこれから、心配しなくていいの。ノアのそばには、浩平《こうへい》もいるし、ちはるもいるし、奈々さんもいるの。これからきっと、もっと大切な人もできる。

あのね、友達とか家族とか、名前なんてなんでもいいの。ノアのことを好きで、大切だと思ってて、ノアも同じように思ってる人がいれば、それでいいの。私のことも、お母さんって思ってても、家族って思っても、友達って思ってもいいの。私がノアのことを、ちはるや浩平と同じぐらい好きで、大切に思ってるってこと、知ってれば、いいの。それで、自分の好きな人が喜ぶことや、幸せでいられるようなこと、一生懸命できれば、いいの」

「好きなひとが、幸せでいられるようなこと……？」

ノアちゃんはなんだか複雑な表情を浮かべて、奈々さんの話を聞いていた。それはまるで、泣いているのに笑っているようで、うれしいのに悲しいようで……。

突然、はっ！　と奈々さんが息を呑《の》んだ。

「ねえ……？」

「ど、どうしました？」

「ママ、大丈夫？」

僕とちはるが掛ける言葉も耳に入っていない様子の奈々さんは、しばらくしてから、大声で言った。

「ねえ！　私、今、すごくいいこと、言わなかった？　ねえ、言ったよねえ？　いいこと！　ちはる、どうよ？　こういうこと、娘の誕生日に言える母親って！　なんか素敵《すてき》じゃない！　ねえ、ねえ！」

にわかに大騒ぎを始めた奈々《なな》さんに呆《あき》れつつ、その傍らを見ると、ノアちゃんはまだぼんやりとした顔で奈々さんと、奈々さんに振り回されるちはるを見つめていた。

その顔がふっと、僕のほうを向いた。

ぼんやりとしていた瞳がやけにはっきりと焦点《しょうてん》を結んで、細められる。唇の両端《りょうはじ》が柔らかく持ち上がり、目じりが下がる。

ノアちゃんは笑った。完璧《かんぺき》な、非の打ち所のない笑顔で。

その笑顔は魅力《みりょく》的で、美しく、これ以上ないくらい素敵だったけれど、でも、なにかが僕の深いところに引っかかった。

なんだ？　この感じ。

この不安な感じは、一体、なんだ？

第五章

小さな歯車

ただいま、と家に戻っても返事はない。今日もノアちゃんは留守をしているようだ。

今日は、ではない。今日も、だ。

ちはるの誕生日の翌日からずっと、ノアちゃんの顔を見ていない。これでもう、三日になる。

今もちらりと和室を覗《のぞ》いたが、やはり誰もいなくて、机の上には相変わらず置き手紙らしきものが乗っているだけだ。今日も戻ってないようだ。

ふと違和感を感じて、もう一度和室を見渡すが、なにが原因なのかはわからなかった。

もしかして、ノアちゃんがいないっていうことが寂《さび》しいだけかもしれない。

たぶん、ソサエティの仕事なんだろう。今までも一日ぐらいなら家を空けることもあったし、前に一ヶ月や二ヶ月ぐらいかかる仕事もあるなんて話もしてたし。

具体的に、どんな仕事をしているか詳しく教えてもらっているわけではないし、こう顔を見ることがないとさすがに少し心配になる。危ない目にあってないか、とか、ちゃんと食べてるかな、とか。危ないものを持ってるのはノアちゃんのほうだし、あの食いしん坊のノアちゃんがなにも食べないでいられるわけではないけれど、それでも僕より年下の女の子だ。心配にもなる。

「痛！」

ドアを開けてリビングに入った瞬間《しゅんかん》だった。声も出ないほどの激痛が走った。思わずうずくまって、息が止まる。

ぼんやりしていたせいか、思い切り足の小指を椅子《いす》にぶつけてしまった。

痛い。これは痛い。

思わず、ううう、と犬のような唸《うな》り声が出る。折れた？　と思うほどの痛みだった。

ようやくちょっと痛みが引いて立ち上がろうとしたとき、目に入ってきたものに、痛みを忘れた。

ソファに女の人が寝転んでいた。鼻歌交じりに爪を磨《みが》いている。見えちゃうんじゃないの？　っていうぐらいのミニスカートに、体の線がはっきりとわかるぴったりしたTシャツ。そのあまりにも立派な胸の大きさを見れば、ちはるでもなければノアちゃんでもないのは一目瞭然《りょうぜん》。

ようやく爪を磨き終わったのだろう。ふっふっと息を吹きかけると、彼女はこちらを向いた。

「あらあ、おかえりぃ」

やたらと甘ったるい声で、その女の人は言った。ライトブラウンの髪が、小さな顔にふわりと掛かる。麻奈美《まなみ》先生でも、もちろん僕の母さんでも奈々《なな》さんでもない。どう考えても僕の会ったことない人だ。

でも、僕はこの人を知ってる。

誰だっけ……。頭のデータベースをひっくり返す。昔のクラスメイト？　両親の友達？　会ってない親戚《しんせき》？

「ええと……」

どちら様、と尋《たず》ねようとしたときに、唐突《とうとつ》に答えが浮かんだ。どう考えても正解だが、どう考えてもあり得ないその答えが、僕を完全に混乱させた。

「ね、あたしのこと、知らない？」

女の人はにこにこと笑っている。

「……し、知ってます」

そう、僕はこの人のことを知ってる。名前はもちろん年齢からスリーサイズ、今付き合っている人の名前まで。

「桜《さくら》、あかね……さん」

ぴんぽーん、と人差し指を立てて、身体を起こす。

「勝手におじゃましちゃってまぁす」

頭を下げられて、いえいえ、とこちらも反射的に頭を下げつつ、いろいろな質問が頭を駆け巡る。本物ですか、なんでここにいるんですか、どっきりですか。それで結局口から出そうになったのが、三谷《みたに》選手とはどうなんですか、だったのには我ながらあわてた。

あかねさんはひょいとソファから立ち上がって、いまだに床の上に座り込んでいる僕にすいすいと近づいてきた。テレビで見ると小さい印象だったけど、さすが芸能人、実物はずいぶんすらりと背が高い。脚なんか細くてまっすぐで、肌もすべすべだ。

「ふうん、きみが、ねえ」

僕の前にぐぐっと顔を近づけてそう囁《ささや》いた。ピンクの唇が濡《ぬ》れてつやつや光る。あかねさんにじいっと見つめられて、どきどきしながら僕は初めて真剣に思った。

三谷、許せん。

ついっ、と僕から視線を外すと、あかねさんはきょろきょろその辺を見回した。

「ノアは？」

え？　知り合い？

「ここに住んでるんでしょお？　どうなのよ、あんなに可愛《かわい》い子と一緒に住むってのは、ねえ、ねえ？　きみも男の子だから、むらむらしちゃうかもしれないけど、悪いことしちゃダメよぉ」

「いえ、あの、出かけてるみたい、です」

顔が赤くなっていることを自覚しつつ、必死になって僕は答えた。あかねさんはそんな僕には目もくれず、うろうろと歩き回って、辺りを眺《なが》め回している。一般人の家庭が珍《めずら》しいのだろうか。ひらひらと躍るスカートのすそを凝視してしまわないように気をつけながら尋《たず》ねた。

「あの、ノアちゃんと知り合いなんですか？　ていうか、どうやって入ったんです？」

「そりゃ、あたしだって鍵《かぎ》ぐらい開けられるわよぉ」

まるでCMのように爽《さわ》やかな笑顔を浮かべて、あかねさんは言った。

「改めまして、初めまして。ソサエティ・アジア極東《きよくとう》地区作戦局一等統括官《とうかつかん》、桜《さくら》あかねです」

⚙

⚙

⚙

「やー、あたしも厳しいかなあとか思ったんだよねぇ。新人さんにはさぁ」

ソファに深く腰を下ろして、あかねさんはTVで見るまんまの舌ったらずなしゃべりかたで、言った。

「本人がねえ、どーしても！　って言うしぃ、ノア、新人さんの中ではピカイチさんだったしねぇ。でもやっぱ、イレギュラの扱《あつか》いって、難しいんだよねぇ」

でも、大丈夫と思ったからノアちゃんの上司のあかねさんはOK出したんですよね、そう僕が言うと、あかねさんは、

「上司って！　上司って！」

なぜか二度続けて言ってから、

「オヤジみたいじゃん。ノアにはおねえちゃん、って呼ばれてるんだしぃ、やめてよねぇ」

と笑った。

あかねさんの所属する《作戦局》というのは、ソサエティが行う運命への介入の、作戦立案から実行までを行う部署《ぶしょ》で、その《一等統括官《とうかつかん》》というのは要するに最上級の幹部（「こう見えても、あたしけっこうエラいんだからぁ」）ということらしい。

「いきなりイレギュラと出くわしちゃうなんて、ノアもついてないよねぇ」

そういって首を振った。そう言われると、なんだか申し訳のない気持ちになる。

「特に、きみみたいにややこしそうな子だと、ねー」

トロいとかどんくさいと言われることには慣れているが、ややこしそう、って言われたのは初めてだ。だからって、ありがとうございます、っていうのは正しくないだろうな、この場合は。

「きみ、ノアになんて聞いてる？　ソサエティと、イレギュラのこと？」

「は？　ええと」

ノアちゃんが言ってたのは、ソサエティは、世界を正しくするための組織で、そのために運命に介入するってこと。それからイレギュラは運命の中に生まれたバグみたいなもので、見つけ次第排除《はいじょ》しなくてはいけない。排除に失敗したら、イレギュラを観察して本部に報告しなくてはならない……。

僕が記憶をたどって並べた言葉を聞いて、しかしあかねさんは笑い出した。

「あはは。さっすがノア」

言葉のわりに、ちっともほめているような気配がない。

「ノアのいうこと、全部信じちゃだめだって言ったじゃない」

え？

「もしかして、あの電話……」

「そうでーす！　あかねさんでーす！」

それからすうっと声のトーンが下がった。

「やっと気がついたの？　野島浩平《のじまこうへい》くん？」

それはまさに、電話から聞こえたあの〈声〉にちがいなかった。

「なーんて、ね？　ね、どうよ、いかにも謎《なぞ》の美女って感じの声じゃない？　ね、ね、どお、どお？　一回やってみたかったんだあ、こういうの」

あっという間に、元の声に戻ったあかねさんがはしゃぎながら言う。

「……な、なんで、あんな電話を？」

僕は呆気《あっけ》に取られながら、尋《たず》ねた。

「えー、そりゃあ、心配だったからに決まってるじゃん。きみにも予備知識、ちょっとは入れといたほうがいいかもって思ったし。それにノアってマジメでしょ？　だからセンターで教えられた、建て前通りに行動しちゃうんじゃないかって思ってさ」

なに、建て前って。僕、建て前で撃たれたの？

「イレギュラってホント、ややこしいからさ。排除《はいじょ》しようとしても失敗すること、多いのよぉ」

「どういうことですか？」

「バグの発生しないプログラムも、故障の発生しない機械も、この世の中にはないってこと」

「え？」

「どんなに考えて考えて考えて立てた計画でも、その通りに行くことって、まずないじゃない？　完全に手順を守ったとしても、ね？」

「ああ……」

それはなんとなくわかる気がした。

「レシピを信用するな」。お菓子を作るときに、よく父さんはそう言う。どれだけ分量を守っても、時間を守っても、温度を守っても、それで一〇〇パーセント成功して美味《おい》しいお菓子が出来上がるってことはあり得ない。その日の湿度、オーブンの火の回り、小麦粉や卵の質、含まれている水分。そういうレシピには書かれていない、書けないことが最終的な味を決めたりする。

「運命っていうのはものすごく精密にできたプログラムで、しかも世界のすべてのひとと繋《つな》がってるわけ。

例えばきみが百円拾っても、落としたひとがいるからその百円を拾えるわけでしょ？　その落としたひとも、例えばコンビニでジュース買って千円札で払ったから持ってたお釣《つ》りのお金だったりして、きっちり小銭で払えばそもそもその百円玉はコンビニのレジにあったってことになるじゃない？　それでその百円玉がレジにやってきたのは、誰かがなにかを買ったからで、そうして、落としたひとは、あーあ、って気分になって、君はラッキー！　って思って、またその百円玉の旅は続く。

それが世界と運命の関係性。ずっと遠くで回った歯車のひとつが、回りまわって今日の君を動かしてる、ね？」

ノアのお父さんとお母さんが出会わなければノアはいません。ノアのおじいさんのおじいさんとおばあさんのおばあさんが出会わなくてもノアはいません……、最初に会ったとき、ノアちゃんが言ってたことだ。

「でも、それとイレギュラとどういう関係があるんです？」

「わかんない？　じゃ、百円玉で話しようか。きみが拾った百円玉が、誰が落としたものでもない、突然ぽんと、きみの目の前に現れた百円だったら？」

疑問を口にしかけた僕を、あかねさんは指を振ってさえぎった。

「ぽんと百円玉が現れる、そんなことあるんですか？　って聞こうとしてるでしょ？」

先回りされた僕はただ黙《だま》ってうなずいた。

「いきなり百円玉が現れるっていうのが納得《なっとく》できなかったら、こういうのは？　その百円玉、誰かが落としたものじゃなくて、置いたものだったら？」

「置く？　いったいなんのために？」

もっとよくわからなくなって、僕は尋《たず》ねる。が、あかねさんはふるふると首を左右に振った。

「だからぁ、なんのためでもなくって、ただ誰かが気まぐれに置いたのよぉ。『今日の占い、カウントダウン！　かに座のあなたは百円を道路に置くといいでしょう！』っていわれたのかもしれないし、百円とマンホールの大きさのちがいを知りたかったのかもしれないし、意味なんかまったくなかったのかもしれないけど、その誰かは百円玉を置いたまま立ち去って、君はそれを拾っちゃった。

さあ、きみはその百円をどう使うでしょう？

ジュース買えると思ってコンビニに入るかもしれないし、またその百円を落としてチクショウって気分になるかもしれないし、それとも急に魔が差したりしてその百円にいくらか足して人生初めてのタバコを買うかもしれない。ジュース買いに入ったコンビニに強盗がやって来るかもしれないし、そこで久しぶりの友達に再会するかもしれない。チクショウって気分で一日をすごして誰かとけんかなんかしちゃうかもしれないし、大切なひとに八つ当たりするかもしれない。初めて買ったタバコがもしかしたらきみの肺がんへの第一歩かもしれないし、そのまま吸ってるところを補導されるかもしれない。

それはまた別の物語。

でも、その百円は運命の歯車から外れて、きみの物語を始めるためにだけ現れた百円っていうことには、ならないかなあ？」

運命の歯車、世界と運命の関係性を外れて存在するもの。

「それがイレギュラってことなの。世界や運命とは完全に切り離されて現れるもの。道路の上の百円玉、気分で道路に百円を置くようなひと。突然、気まぐれでそんなことされたら、あたしたちがどれだけ緻密《ちみつ》に計算して運命に介入しても、全部意味がなくなっちゃう。だから運命読みは、その存在を恐れる」

相変わらずの甘い声で、でもその声とまったくそぐわない話を、あかねさんは続ける。

「でも考えてみて。それって、ただの気まぐれでしょ？　原因も理由もないよね。

ソサエティは介入して運命を変える。常に正しい方向に世界を導くために。バグを見つけたら排除《はいじょ》しようとするし、まちがった歯車が現れたら取り除こうとする。でも、そんなものが発生するっていうことは、もしかしてそれ自体が運命ってものの持ってる補正機能なのかもしれない。運命って精密機械はあたしたちが考えるよりはるかに入り組んでいて、一見役に立たない歯車がいつかとんでもなく重要になるかもしれない。

だから、イレギュラを見つけたら、上に報告して自分は手を引く。百円玉を見つけたら黙《だま》って拾っておく。それがあかねさん的には正解、かな」

飛びっきり可愛《かわい》く、あかねさんはうふっと笑った。こんな話をしているときでも、そんなふうに可愛く笑えるというのが、ちょっと怖い。

「でも、ノアちゃんはそうしなかった、と」

「そーなのよねー」

ぷっと頬《ほお》を膨《ふく》らましてちょっと困った顔になる。

「あの子、真面目《まじめ》で負けず嫌いだからさぁ。自分でなんとかしようと思ったんじゃなあい？　ソサエティのことも本当に家族！　って思っちゃってるとこ、あるから。まあここ最近は、ちょっと変わってきたとこもあるみたいだけど」

そういって意味ありげに笑った。きっとノアちゃんの「真面目で負けず嫌い」エピソードを思い出したのかもしれない。こんな短い間しか一緒にいない僕だっていくつも上げることが出来るのだから、もっとよくノアちゃんのことを知ってるあかねさんなら、なおさらだろう。

と、ふと気が付いて尋《たず》ねた。

「ソサエティって、みんな家族みたいな感じじゃないんですか？」

みんな家族です、そうノアちゃんは言っていた。だから寂《さび》しくない、とも。

「そおんなわけ、ないじゃん！」

あはは、と明るくあかねさんは笑った。

「人間がたくさん集まったら、好きなひとも嫌いなひとも出てくるし、合う合わないって、あるじゃない？　確かにソサエティは子供の頃から一緒のひと、多いけどさぁ。付き合い長ければ長いほど、こいつ嫌い！　って思ったらよけいに根が深くなるって、ない？　そこに運命に介入するなんて仕事が関わるわけだからさ、権力闘争《とうそう》だって派閥《はばつ》抗争だって、あるしね」

「あるんですか？　そんなの」

「あるわよお」

傍《はた》から見るとアイドル仲間の悪口を言ってるようにしか見えないだろう調子で、あかねさんは言った。

「そもそもソサエティのやりかたって、少しずつ個人の運命に介入して、世界を緩《ゆる》やかに正しい方向に導くことだけど、そんなのはかったるいって考える連中もいる。将来、独裁者になったり戦争を引き起こす可能性のある人間はさっさと暗殺しちゃえ！　っていう、まあ急進派ってとこかな。イレギュラの扱《あつか》いにしたって、そう。イレギュラはすなわち悪、原因の究明も必要ない、どんな手段を使っても即刻《そっこく》消去しないといけない。急進派の連中はそう考えてるの。反対に、運命読みも全知全能じゃない以上、どう転ぶかわからないイレギュラは、しばらく観察しておいたほうがいい、そう考えるひとたちもいる。そういう穏健派のひとたちと、運命は絶対確かなプログラムで、それを乱す不確定要素は世界にとって害悪、そう考えてる急進派のひとたちじゃ、どうしたって対立するよね。

あ、ちなみにね、急進派を《宿命派》、穏健派を《運命派》っていうのが最近のソサエティの流行《はや》りね。豆知識って感じ？」

「あかねさんはどっちなんですか？」

「ちょい運命派ってとこ？　だって宿命派の人って危ないんだもん。あれ、知ってる？」

と、あかねさんは何人かの名前を挙げた。日本人もいれば外国人もいた。僕がわかったのはついこの間自殺した日本の政治家ぐらいだ。

「これ全部、宿命派のお仕事。怖いよねえ。平気でひと、殺しちゃうもんねえ。最近ね、配置転換で特にやばいのが日本に来てね……って、部外者のきみにこんな話しちゃった。内緒、ね？」

またも飛び切りキュートに微笑《ほほえ》まれたが、誰に話すというんだ、こんな話。

「じゃ、あたし、帰るわ！」

いきなりあかねさんがぽんとソファから飛び降りた。

「え？　帰るって」

そもそも、なにしに来たんだ、この人？

「だって、もうノア出て行っちゃったんでしょ？」

そのまますたすたと玄関に向かおうとする。

「いや、もうちょっと待ってれば」

帰ってくるかもしれない、そう言おうとして気がついた。あかねさん、出て行った、って言ったよな。出かけた、じゃなくて。

不意に悟《さと》った。さっき和室に入ったときの違和感の正体。

ちょっと待ってて、と言って僕は和室に駆け戻った。机の上に置いてあった書き置きを取り上げる。

「おせわになりました　のあ」

いつもと同じ小学校低学年の字で、そう書いてあった。

◎
◎
◎

ぱちん、と蛍光灯《けいこうとう》が灯った。

「どうしたの……？　電気も点《つ》けないで」

和室の入り口に、心配そうな顔のちはるが立っていた。

ぼんやり時計を見ると八時を回っていた。

ああ、もうそんな時間か……。あかねさんが帰ってから、ずっとここに座ってたんだ。かさかさした感触に気付く。両手が、ノアちゃんの手紙を持っていた。

「おせわになりました　のあ」

見直してみても文面は同じだった。やっぱり本気で……？

「また自分でなんとかしようとしちゃってぇ」

まだ耳の奥にあかねさんの甘い声が残っている。

「自分でなんとかって……」

「言ったでしょ、宿命派の人たちのこと」

ＴＶで見る、そのままの笑顔で、あかねさんは笑っている。

「最近、ヘンなことあったんじゃない？　事故に遭《あ》いかけたとか、犯罪現場に居合わせたとか」

じいっと僕の顔を見る。思い当たることは……、ある。

「あったんでしょ。それって宿命派のひとたちの手口なんだよね。危険な現場に誘導するとかって。いくら、どんな手段を使っても排除《はいじょ》する！　とか言ったって、限界ってあるからさあ。普通のひと巻き込んじゃったら、元も子もないし。でも、犯罪とか事故の現場は、運命の大きな《交錯点《こうさくてん》》だから、多少のことがあってもごまかしやすいんだよね。だからそこを狙《ねら》って来るのよ」

あの日、あのタイミングで酒屋に入らなかったら、たまたま靴紐《くつひも》が解けて転ばなかったら、酒屋の店主とまちがえられて、バットで殴られていたのは、僕だった。

「さっき、椅子《いす》に足の小指ぶつけたでしょ？」

あれ、痛いんだよねー、と言ってから、

「なんでぶつけたと思う？」

　それは僕がどんくさいからに決まってる……、んじゃないの？

「正解は、あかねさんがきみが入ってくる前に椅子《いす》の位置、ほんのちょこっとだけ動かしといたから、でした！」

　ごめんね、と言いつつも、悪びれる様子はまったくない。

「ほんのちょっと動かしただけなんだよ。でもきみはぶつけた。ぶつけて、これから気をつけようと思うか、それともいらいらして八つ当たりするか、どう行動するかはわからないけど、ぶつけなかったときとは違う行動を取るでしょ、きっと。椅子を動かしたときから、もうきみはぶつけなかった世界には戻れないようになってたわけ。

　運命ってさ、ほんのちょっとのことで変わっちゃうんだよね。椅子動かしただけでもこうなんだから、人が介在すればもう、全然変わっちゃうよ。そうやって、色んなところに工作員を配置して、目標を導く。ま、普通は交錯点から遠ざけるほうに動かすんだけど」

　そう、おばあさんに道を尋《たず》ねられたおかげで、酒屋に行ったのは閉店時間ぎりぎりになったんだ、そう考えて、不意に背筋が寒くなった。

　もしかして、あの人のよさそうなおばあさんも？

「ま、それを切り抜けちゃうのがイレギュラのイレギュラたるゆえんなんだけど。でもきみが気がついてないだけで、ホントはもっといろいろ仕掛けられてたと思うよ。宿命派の暗殺の手口ってえぐいからね、配電盤《はいでんばん》いじって失火に見せかける、ガス管緩《ゆる》めてガス漏《も》れに見せかける、一人で家にいるところを襲って自殺に見せかける。そこら辺が手段を問わずってことなんだけどさ、まあノアも大変だったと思うよ、きみを守るの」

ノアちゃんが僕を守る……？　色んな瞬間《しゅんかん》が頭の中にフラッシュバックした。夜の外出、泥だらけの帰宅、突然の大掃除。

あれは、僕を守ってくれてた……？

「なんで……？」

自分のものだとは思えないようなかすれた声だった。

「さーあ、なんでかなあ。ノアのことだから自分が調査している途中です！　って思ったのかもしれないし、単純に宿命派のひとたちはルール違反です！　って思ったのかもしれないし。あ、ここまで話したからぶっちゃけちゃうけどね、今度、日本に来た宿命派の工作員、これが嫌《いや》なやつなんだ。カッコつけてるってゆーか、スカしてるってゆーか。でもってこれがまた、がっちがちの超のつく勢いのタカ派でさ、怖いよねえ、こういうひと。あ、顔、見る？　ものすごい怖い顔なんだ、これがまた」

なぜかうれしそうに言いながらあかねさんはゴテゴテにデコられた携帯《けいたい》を取り出して、僕に画面を見せてくれる。

なんとも言いがたい中年の男が写っていた。ハンサムでも不細工でもない。平凡《へいぼん》ですらない。

特徴がないのが特徴、と言えなくもない、そういう意味では怖い顔かもしれない。

ふっと記憶の中から、何かが蘇《よみがえ》ってきた。

見たことある、この人。

そうだ、ノアちゃんの部屋で見た写真。大量の新聞記事の中に埋まってたやつ。

いや、ちがう。なにかが違う。それもそうなんだけど、その後に……。

あ、と思わず声が出た。

髪の毛を白くする。鼻の脇《わき》にほくろをつける。

「この人、退屈は価値だ、とか言いません？」

あら、という顔であかねさんはまじまじと僕を見つめた。

「なんだ、もう接触してたんだ。きみ、よく殺されなかったねえ」

バスの中での出来事を話すとあかねさんは呆《あき》れたように呟《つぶや》いた。

「こいつ、リーさんっていうんだけど、とにかくやばいのよ。色んなところでイレギュラ、殺しまくってんのよねぇ。おまけに、かなり無茶してるのに尻尾《しっぽ》つかませない。怖いよねえ」

恐ろしいことをきゃらきゃらした声で言う。だから余計に実感が湧《わ》かない。この地味顔の人がソサエティ宿命派の最右翼《さいうよく》？

「リーって言っても、ブルースでも、ジェットでも、クリストファーでもなくって、スパイクって感じ？　なんか一見温和《いっけんおんわ》そうで、インテリ風だったでしょ？　でも、そのわりにすぐキレる。細っか〜いテクニックで色々仕掛けるってところも、まさにそんな感じかな？　さっき、話してるうちにぼんやりしたって言ったでしょ。たぶんそれ、催眠《さいみん》系の技術だと思う。いつ乗ってきたか最初から座ってたかもわからないっていうのも、ミスディレクションの応用で、きみの視線が自分のほうを向かないように……、ああ、なるほど。そういうこと」

急にひとりで納得《なっとく》したようにあかねさんがうなずいた。

「なんでノアがあたし待たないでひとりで行っちゃったのか、ちょっと気になってたんだけど、わかったわ」

「なんで、なんですか？」

「相手がイレギュラかどうか、自分の目で確かめてから消去するのがリーさんのやりかただから。ほとんどの場合、出会ったイレギュラはその直後にやられてる。自分では手を下さないで事故現場に誘導したり、罠《わな》仕掛けて事故に見せかけたりするんだけど、そこがまた、ヤな感じじゃない？　ま、きみの場合は運良く逃げられたけど。

リーさんと会ったこと、ノアに話したでしょ？　あいつがきみのこと確認したってことは、本腰入れて狙《ねら》ってくるのも時間の問題。だからノア、ひとりで話つけに行ったんでしょ。きみにもう、手を出さないでくれって」

「話をつけにって……」

そもそも、話してわかる相手なのか？

「たぶん、つかないでしょうけどねぇ。リーさん、ひとの話なんか聞くタイプじゃないから」

交渉決裂《こうしょうけつれつ》だけだったらまだいい。しょんぼりしても不機嫌でも仏頂面《ぶっちょうづら》でも、ノアちゃんが帰ってくるなら、それでいい。でも、そんなことでは済みそうもないぐらいのことは、話を聞いてるだけでも想像がつく。

「たぶん、きみも想像してる通りになるでしょ。根本的に対立してるんだもんね。でも、殺し合いにもならないか。ノアじゃ、リーさんには勝てないから。ノアの定時連絡、午前中まではあったけど午後になってから入ってないから、もう決着、ついちゃったかな」

「だったらなんで！」

思わず大声になる。みすみす殺されに行くなんて何考えてんだよ！

でも僕のことなどまったくお構いなしに、あかねさんは携帯《けいたい》でどこかに電話をし始めた。

「あ、おつかれっすー。あかねでーす。あのね、2983―FからSブロックまで作戦封鎖《ふうさ》申請、お願いしまーす。ん？　そーなのよお、工作員一名、行方不明になっちゃってさあ、そんなわけでよろしくー、はいはーい、おつかれー」

「ちょ、ちょっと、なんなんですか、ノアちゃんのこと心配じゃ……」

そんな怒んないでよお、とあかねさんはふてくされてみせた。

「せっかく、ノアの計画に乗ってあげてるっていうのにぃ」

「ノアちゃんの計画？」

「そ。ノアも考えたもんよねえ。確かにそうすればきみは大丈夫だもんね」

ぱちぱちぱち、とあかねさんは拍手を始める。

「おめでとー！　これできみは無事だよー」

「え？　いったいどういう……」

「今、電話してたでしょ？　本部に連絡して、この街一帯を作戦封鎖、要するにソサエティの人間が運命への介入目的で立ち入りできないようにしちゃったわけ。つまり、リーさんもここには入れない。入ったら、ソサエティの服務規程に抵触するから罪に問われてソサエティにはいられない。オッケー？　まあ、この街出なければ、って留保付きだから、修学旅行とかは我《が》慢《まん》してね」

もう、あの地味顔はなにもしてこないってこと？　それはありがたいことだけど、それよりも……、

「ノアを助けろ、って思ってんでしょう？」

ちっちっち、とあかねさんは指を振った。

「ところが作戦封鎖っていうのは、超非常事態じゃないと申請できないのよ。例えば、イレギュラ調査中の新人工作員ちゃんが行方不明になった、とかそういうことがないと」

頭が動かない。芯《しん》のほうがじんじんとしびれている。あかねさんの言葉が理解できなかった。

いや、理解したくなかった。

「じゃあ、ノアちゃんは、わざと……？」

「そ。やるわねえ、あの子も。さすがさすが」

陽気に笑うあかねさんを見ていると、胸の中から怒りがこみ上げてきた。見当違いの怒りだとはわかっていたが、止められなかった。

「心配じゃないんですか、あかねさんはノアちゃんのこと。ノアちゃんが殺されてるかもしれないっていうのに、そんなに笑えるなんて……！」

「いやあん、そんなに怒ってぇ。あかねさん、怖あい」

あかねさんはくねくねと身をよじらせて、それから言った。

「気に障《さわ》ったらごめんねぇ。あたし、こういうふうにしかできないのよねぇ。どこで笑ったらいいのかとか泣いたらいいのかとか、いまいちわかってなくってさぁ」

えへへ、と、また笑う。

「うれしいとか悲しいとか、もうひとつわかんないんだよね。ほらぁ、あたしたちって、子供の頃から家族と離れて訓練受けてきてるでしょ？　小さいときから誰かに信頼されるように笑ったり、好かれるように振舞ったり、同情されるために泣いたり。そうするとねえ、わからなくなるんだよぉ、本当に喜んだり、笑ったり、悲しんだり、そういうこと。ノアもさ、上手《うま》く笑えないでしょ？」

そうだ。ノアちゃんの笑顔を見たのは、嘘《うそ》をつくときとなにかを隠《かく》すときの、作り笑いだけだ。

「怖いなあって頭ではわかるんだけど、仕方ないね。イレギュラは運命のバグだって言ったでしょ。でも、あたしたちソサエティのメンバーって、運命の外なんだよね。介入することはできるけど、自分が参加することはできないんだな」

あかねさんは、思い切り痛い顔をした。でもそれも、バラエティ番組の罰《ばつ》ゲームで、苦い苦いセンブリ茶を飲まされたときと同じ顔だった。

「だからかもよ？」

「だから、って？」

「さっき聞いたじゃん、なんで？　って。ノアがそこまでしてきみのこと守るの、なんでって。たぶん、ノア、居心地よかったんだよ。ここが。きみのそばが。

だからじゃない？」

僕はノアちゃんの仏頂面《ぶっちょうづら》を思い出す。ケーキを口いっぱいに頰張《ほおば》った夢中な顔。僕にからかわれたことに気がついて不機嫌になった顔。それから、ちはるの家で見た、ノアちゃんの笑顔も。あのとき感じた不安の正体。あれは、これから起こることを隠そうとしてたんだ。

「こーちゃん、なにかあった？」

ちはるの声が僕を現在に引き戻す。

「いや、大丈夫」

たぶん僕が言った、と思う。でも、誰かが僕の口を借りて勝手に喋《しゃべ》ってるみたいだった。

本当は大丈夫なんかじゃない。ノアちゃんが僕を守ってくれていたことにも、そして僕のために命を危険に晒《さら》していることにも気付けなかった。そして僕は、またこうやって、座り込んでいることしかできない。子供のときと何ひとつ変わらない。友達のために飛び出せるようになれたかもって思ったけど、やっぱり僕は、勇気も根性もない、ダメなやつのまま。

晩御飯、まだだったらと思って、と呟《つぶや》いて、ちはるはしゃがみこんで僕を見つめる。

「あのね……、ノアちゃんって……」

「なに？」

ちはるは言いかけたまま、しばらく僕の目をのぞき込んで、首を振った。

「なんでもない」

そしてまた口を閉ざして、やがて、言った。

「やだな」

「え？」

「こーちゃんのそういう顔、やだな」

やだな、って言われてもな。

「生まれたときから、この顔だし。ずっと見てるから知ってるでしょ」

「ちがうよ。いつものこーちゃんは、もっと柔らかい顔してる。柔らかくて、でもしっかりした顔してる」

しっかり？　なにをやっても今ひとつで、どんくさくていつも失敗ばっかりで、なんの取り得もなくて自信なんかすかすかのこの僕が？

「そう。失敗しても、恥《は》ずかしくても、悩んでても、なにがあっても柔らかく笑えるの、それがこーちゃん。でも、ときどきそういう、今みたいな顔になる」

「僕、どんな顔してる？」

「なにもかもが自分のせいだっていう顔。電車乗ってておじいさんが目の前に立ってるのに、寝たふりしちゃった、みたいな顔。なにかを後悔《こうかい》してて、これからもずっと後悔していくぞ！みたいにヘンに決め込んじゃってる顔。もうできることはなんにもない、みたいに自分ひとりで決め付けていじけてる顔。決め付けて、自分のかちこちの考えにしがみついてる顔」

けっこうひどいことを言っているにも拘《かか》わらず、でもずっと一緒にいる幼馴染《おさななじ》みの顔は穏やかで、静かだった。

「そんな顔してるぐらいなら、立って席譲っちゃえばいいのに」

小さい頃のちはるは結構な泣き虫で、ちょっと転んだり、誰かに意地悪をされたらすぐに泣き出していた。でも、本当に怖いときや悲しいときには、ちはるは決して、絶対に泣かなかった。三人で山に冒険に出かけて帰り道がわからなくなったときも、めそめそし始めた僕や岩田《いわた》くんの背中をばん！と叩《たた》いてくれた。

ぽっと頭と心に小さな、小さな明かりが灯った。

もう間に合わない？　本当に？　どうして間に合わないって決め付ける？　まだ、間に合うかもしれないのに。ノアちゃんのために、僕が出来ることがあるかもしれないのに。イレギュラであるという、僕が出来ることが。

気が付いたら、ちはるの腕をつかんでいた。

「出来ること、あるかな？」

びっくりしたような顔をしていたちはるは、やがてにっこりと微笑《ほほえ》んだ。

「うん、こーちゃんなら、大丈夫」

大きくて黒目が宝石みたいに光っている二重《ふたえ》の目、周りには長いまつげがびっしり生えている。つまみたくなるようなちょこんとした鼻、笑うと両端がきゅっと上がる口。久しぶりにちはるの顔をしっかりと見た気がする。クラスの連中がごちゃごちゃいうのもうなずける。子供の頃は色白の猿みたいな顔だったのに、可愛《かわい》くなっちゃって。

「ありがと」

僕は大事な幼馴染みに、最大限の感謝を込めて、そう言った。

いつものジャージの上下を着て、玄関で靴紐《くつひも》をいつも以上にきっちり締《し》めると、僕は家を出た。

行くべき当てがあったわけじゃない。でもちはるの言うように、暗い部屋で座り込んでいてもなにかが変わるわけじゃない。

家の近所の空家や駅前の商店街、リーさんが乗り込んでいたバスの周回ルート、営業所。少しでも手がかりになるところは全部回るつもりだった。

あかねさんが言うように、これまでいろいろな形で僕に介入しようとしていたのなら、絶対に近くから僕を監視していたはずだ。それに、道を尋《たず》ねてきたおばあさん、バスに乗り合わせた乗客や運転手。誰がソサエティの宿命派のメンバーなのかはっきりわかりはしないが、誰かひとりでも見つければ、取っ掛かりぐらいにはなるはずだ。

結果的には、街中の道をこれでもかと言うほど歩き回っても収穫はゼロだった。でも僕はあきらめなかった。

あの酒屋の店主にも会ってみよう。もしかしたら、僕をあの時間あの場所に、あかねさんの言うところの「交錯点《こうさくてん》」に誘導するために、なにか工作が行われてたかもしれない。他にももっと、僕の気がついていないところにヒントがあるはずだ。

駅前のロータリーのベンチに座り込んで、ここ数日の記憶を手繰《たぐ》り寄せていたとき、

「こーへー」

突然、声を掛けられた。頭を上げると、目の前に見覚えのある大きな白いバイクがとまって

いた。

「よう」

シートに座っていた男が鉄兜《てつかぶと》のようなヘルメットを脱いだ。その下から現れた顔を見たとき、一瞬《いっしゅん》、身体が固まった。

「岩田《いわた》くん……」

岩田くんと顔を合わせるのは、あのとき以来だ。

ちはるは、僕と岩田くん、お互いが怒ってると誤解してたと言ってたし、また家に遊びに来るって言ってた。でも、それはもしかして、ちはるが気を遣っていただけかもしれない。本当は、まだ僕のことを怒ってるんじゃ……。

「どこ行くんだよ」

いじいじ考え続ける僕を見て、岩田くんは、なんだか照れくさそうに、にかり、と笑った。

その笑顔が、心の中の子供のときの岩田くんの笑顔と重なった。

「あ……、えと、うん……」

陽に灼《や》けて引き締まった頬《ほお》も、シャープな顎《あご》のラインも、鋭く光る目も、子供のときとは全然ちがうけど、でも、その後ろには、ずっと一緒に遊んだり泣いたり笑ったりした岩田くんがいた。

ふっと心が緩《ゆる》んで、なんだか泣きそうになってしまった。

「どしたの、その髪？」

こみ上げてきたものをぐっと飲み込んで、尋《たず》ねた。金色で肩の近くまで伸びていた岩田くんの髪は、すっかり短く刈《か》り込まれていた。前よりもちょっと陽に灼けていて、なんだか爽《さわ》やかスポーツマンのようだ。

「いや、新しく仕事始めてさ。現場仕事なんだけど親方が昔気質《むかしかたぎ》なもんで切れ切れうるさくてよ。ま、定時制に編入したのもあるし、さっぱりしよっかなってさ」

照れくさそうに笑う。

「そんで、こーへーはなにしてんのよ」

どう答えたらいいものか、ちょっと迷って、買い物、とかなんとかごまかしてしまう。

「ふうん……、あ、そうだ。こないだ、ちーの誕生日、行けなくて悪かったな。人手足りないって言われてさ、どうしても断れなくて……」

そう言いかけて岩田くんは、急に真剣な顔になって、黙《だま》り込んだ。

「大丈夫か、お前？」

僕の顔をのぞき込んで、岩田くんは言った。

「なんかあったな？」

ついこの間までトラブルに囲まれていた岩田くんは、さすがに敏感《びんかん》だった。

「彼女だろ？　ほら、すげえ美人の。助けてくれたとき、一緒にいた子」

なんて鋭いんだろ。鈍い僕とは大違いだと感心する僕に、岩田《いわた》くんはにやりと笑った。

「なんていうか、美人だけどちょっとやばそうな感じするもんな」

「そ、そうかな……」

やばそう、っていうのがどういうことかわからないけど、まあ確かに危ないものを持ってるのはまちがいない。

「気が強くて、男を振り回すタイプなんじゃねえ？　まあちょっと見た感じだから当たってるかどうかは知らねえけどでも、こーへーがああいう子と付き合うなんて、ちょっと意外だな」

「ていうか、付き合ってるわけじゃないんだけどね」

「あ、そう……」

岩田くんは、どういうわけかほっとしたような、残念そうな顔をして呟《つぶや》いた。

でも、岩田くん、やっぱり鋭い。ノアちゃんは負けず嫌いで、突拍子もなくて、向こう見ずで、今みたいに、ひとりで危ないところに……。

危ないところに……？

僕の頭で、なにかが光った。

「ねえ、頼みがあるんだけど」

「ん？　なに？」

岩田くんはちょっと首を傾《かし》げて僕の言葉を聞いて、それから大きく、力強くうなずいた。

「いいぜ。前に助けてもらったから、今度は俺の番だ」

◎　◎　◎

決して安全ではない。上手《うま》く行くかどうかなんてわからない。でも、これに賭《か》けるしか僕に残された選択肢《し》はない。

と、格好をつけてみたものの、岩田くんの背中につかまっている間中、ずっとびくびくものだった。幸い道が空いていたことと、岩田くんの運転が上手だったこともあってそれほど時間もかからず着いたのだけど、後ろからぴったりついて来る車や、ちょっと無理な追い越しを掛ける車があるたびに、あれか？　あれか？　と思って身体を固くしていた。

ようやくバイクが停車して、ヘルメットを外す頃には、きっとかなり疑り深い目つきの人になっていたと思う。

「こーへーよお、もうちょっと信用してくれよなあ」

僕ががちがちになって背中にしがみついていたのがわかったのだろう、岩田くんにもそんなふうに言われた。

僕が岩田くんに連れてきてもらったのは、この地方の中心となるターミナル駅の駅前だった。夜も早めに静かになる僕らの地元の駅とは違って、多少遅い時間でもケタ違いに人が多い。会社帰りのサラリーマンやOL、飲み会へと向かう大学生、水商売っぽい派手な服を着た若い男女。色んな年齢層の人が色んな目的で行きかっている。

僕の安全は保障されている。ソサエティは僕の運命に干渉《かんしょう》できない。あかねさんはそう言った。でも、それは僕が街を出ない限りにおいて、だ。一度出てしまえば、きっとリーさんはまた僕に干渉してくるはずだ。誰かを使って僕を交錯点《こうさくてん》まで誘導するかもしれない。

そして、それは僕とリーさんが接触するチャンスだ。これだけの人間がいれば運命の交錯点も生まれやすい、そして介入もしやすい、はずだ。

「さて、どうやってお前の彼女……、じゃないんだっけ？　あの子探すんだ？」

岩田《いわた》くんは早くも辺りをきょろきょろと見回し始めている。

でも、まず僕にはやることがあった。

「ありがとう、岩田くん。こっからは、僕ひとりで探すよ」

当然ではあるが、岩田くんは、はあ⁉　と大声を出す。

「おいおい、ちょっと待てよー。せっかくここまで送ってきてやったんだぜ？　そりゃあちょっと、冷たくないかあ？」

「本当にありがとう。すごく、うれしい。でも、ごめん」

ここから先、なにが起こるかは見当がつかない。極端《きょくたん》なことを言えば、今この瞬間《しゅんかん》、駅が大爆発《だいばくはつ》したっておかしくないんだ。でも、自信なんかまったくないけど、僕だけならなんとかなるかもしれない。自分がイレギュラであること、それがどれだけ頼りになるものかわからなくても頼りにするしかない。信じられなくても信じるしかない。

でも、岩田くんはちがう。

僕の顔を見て、真剣さが伝わったのだろうか、岩田くんはぶつぶつ言いながらも、納得《なっとく》してくれた。

「わかったよ。でもお前、これ一個、貸しだからな。なんか美味《うま》いの、作ってくれよ」

怖い顔を作って、そう言った。

「うん。きっと。今度ゆっくり遊びにきて。そのときに、必ず」

おう、じゃあな。男っぽく言って、岩田くんはバイクにまたがって、走り去って行った。ありがとう。必ず、約束守れるように、頑張ってみる。

さて、と僕は息を整える。

本当にどこから来るのかわからない。周囲を見渡してみても、そういう目で見れば全員が敵《てき》に見えてくる。ティッシュ配りのお姉さんの「お願いしまーす」の声ですら、僕に悪意を持った誰かへの合図のように思える。酔った顔をしてふらふら歩くおじさんの千鳥足《ちどりあし》も、なにかの企《たくら》みのひとつかもしれない。少しだけ、こんなに人の多いとこに来たのは間違いだったかもしれないと思った。

ぶううん、とポケットの中で携帯《けいたい》が震えて、思わず僕の身体も震えた。

「まったく、本当に面白《おもしろ》いな、お前は」

通話ボタンを押した途端、笑いを含んだ声が耳に流れ込んで、背筋がぞっとした。僕はひとつ深呼吸をして、言った。

「リーさん、ですね」

「ああ。本当にこんなところに来るなんてなあ。お前以外のやつがやったら馬鹿《ばか》じゃねえか、って思うところだ。お前といると、退屈できないよ」

僕はあわてて壁に身体を寄せて周囲を見回した。絶対に見てる。どこかから僕のことを観察してる。

「そんなにあわてなさんな。いくらなんでも、ここで狙撃《そげき》なんかできやしないんだから」

くっくっく、という含み笑い。

「こんだけ人がいると、細かいことはやりづらいもんだ。さすがに全員まとめて吹っ飛ばすわけにもいかねえし、俺の持ち味、半減、てわけだ。だけど、そこまで計算して、そんなところに立ってるわけじゃないよな？　そんなだったら俺がこだわる意味もなくなるもんな？」

「ノアちゃんは、ノアちゃんはどうしたんです？」

相手のペースに巻き込まれないように、僕はできるだけ冷静な声を作って尋《たず》ねた。

「んん？　いるよ。俺の隣にな。かなり出血してるけどまだ生きてる。放って置いたら、死ぬだろうけどな」

胸の中に、安堵《あんど》と怒りが混じりあった感情が一気に押し寄せてきた。安堵はもちろん、ノアちゃんが生きていることに。怒りはもちろん、ノアちゃんをそんな目に遭《あ》わせたことに。どちらも激しい感情だったけど、でも頭の片隅《かたすみ》で、僕がこんなに怒ってるなんて珍《めずら》しい、とも思った。

「まったく、このお嬢ちゃんも考えてくれるよ。おかげで、危《あや》うくお前に会えなくなるところだったぜ。しかしまあ、そこでお前のほうから会いに来てくれるなんざ、うれしいじゃねえか。イレギュラの面目躍如《めんもくやくじょ》ってとこか。ん？」

穏やかな声だ。だからといって、ずっと聞いていたい声ではない。

「ノアちゃんを解放してください」

「そりゃ、できねえな」

ふ、と小さく笑う。

「お前さんは、俺が今まで見てきたイレギュラの中でも、極《きわ》めつけだ。あんましあることじゃねえ。俺に言わせりゃ、な。要するに、安心できないんだよ。右のところ、見てみろ」

そう言われて視線を向けると、駅前から周辺部にかけての案内地図があった。

「そう、その地図だ。その一番右の下、大和《やまと》第三小学校っていうのがあるだろ。そこに来い。そこの体育館で待っててやる。心配すんな、途中で仕掛けたりなんか、しねえから」

それだけ言うと、通話は唐突《とうとつ》に切れた。

目指す小学校は簡単に見つかった。周囲は金融《きんゆう》会社やマンガ喫茶《きつさ》、怪《あや》しいマッサージ店などなど、フロアごとに全然違う店が入った雑居ビルがぎっしり建て込んでいる。

「こんなとこにも、小学校なんてあるんだな……」

様々な色や形の看板が光を放っている周囲とは対照的に、その一角だけが暗い。夜だからというだけでなく、もう廃校になってしまったようで、非常灯の小さな明かりすら灯っていない。

校門には、「旧大和《きゆうやまと》第三小学校跡地《あとち》」と書かれたボードがチェーンと南京錠《なんきんじよう》と一緒に巻きつけてあった。その横の通用口は、おそらく僕のために、開けられていた。

門をくぐる前に、大きくひとつ、深呼吸した。夜風の冷たさのせいだけでなく、身体がぶるっと震えた。

……僕にノアちゃんを助けられるんだろうか。

夜の廃校は真っ暗で、なんの気配もない。まるで墓場のような静寂《せいじやく》の満ちる暗闇《くらやみ》を歩きながら、今さらそんなことを考えた。

怪我《けが》はひどいんだろうか。リーさんと向かい合って、僕はなにをしようとしているんだろう。一体、どうすればいいんだろうか……？

◎

◎

◎

頭が変になりそうだった。と、上着のポケットに入れた手に、なにかが触れた。丸くて、小さな、すべすべした……。取り出してみると、ピンのついたピンポン玉ぐらいの金属の玉。閃光弾《せんこうだん》。

音と光で、相手を無力化するというやつ。前にノアちゃんから取り上げて、ポケットに入れっぱなしになってたんだ。

（せっかくちかちかするのに）

ノアちゃんの声が頭に蘇《よみがえ》って、こんな場合にも拘《かか》わらず、思わず僕は、くすりと笑った。

小さな閃光弾と、それからノアちゃんに「役立たず」と言われた小さな小さな予知能力。僕の武器はたったこれだけ。それ以外は、なんの取り得もないどころか、欠点ばかりの高校生。そんな僕が、あかねさん曰《いわ》く「細かいテクニックいっぱい持ってる」ような人間と、どうやったら戦うことなんてできるんだ？　もう、笑うしかない状況だ。それとも、全部なかったことにして、家に帰って布団を被《かぶ》ってしまうか。

足がまた一歩前に出て、そのことに、僕自身が一番驚いた。いつ回れ右して逃げ帰ってもおかしくないのに、立ちすくんでこの場で動けなくなってもおかしくないのに。

でも僕は一歩、前へ踏み出した。

ノアちゃんと初めて出会った日のことを思い出した。早退して、家に帰ろうとして校門を出たとき。僕の足は、あのとき結局、右に踏み出した。そうして、ノアちゃんに出会った。出会って、色んなことがあって、そして僕は今、ここに立っている。あのとき左に行けば、こんなとこにはいなかった。いや？　そうだろうか？　もしかして世界の色んな歯車が回りまわって、僕を違う形で、ここに立たせていたかもしれない。

そもそも、運命ってなんだ？　どこまで決まってるんだ？　僕が自分の意志で決めたと思ってたことでも、それはあらかじめ決められてたってことなのか？　だったら自分の意志とか決断とかって、一体なんなんだろう？　運命の中のまちがった歯車が、僕が存在する意味って？

その存在は、必要なのか？

しんと静まり返るグラウンドを、僕は一歩一歩前へ進んで行く。

リーさんの言った体育館はすぐにわかった。二階建ての大きな建物は、使われなくなってからずいぶん経《た》つのだろう。扉は両開きの車輪のついたもので、引き開けるときに、ごろごろごろ、と大きな音がした。老朽化《ろうきゅうか》が進んでいるのか、それだけで、みしみし、と建物全体が鳴るのが聞こえた。

真っ暗な体育館の中で、窓から入る月の明かりがスポットライトのように一条の光になって床を照らしている。そこに何かが横たわっていた。黒い上下を身につけた細い、小さな体。左足には布のようなものが巻かれている。そこになにか、黒い染みが広がっているのが、暗い中でもわかった。

「ノアちゃん！」

闇《やみ》の中から、すうっと男が現れた。グレーのスーツにドット柄のネクタイ、今日は白髪のカツラも付けぼくろもない、徹底《てってい》的に地味な顔。どこにでもいるサラリーマンのような姿。ただ、右手に握られた拳銃《けんじゅう》を除けば。

「ようこそ、イレギュラ」

その右手がすっと上がって、駆け寄ろうとした僕の足を止める。

「まったく、手間取らせるよ、お前といい、このお嬢ちゃんといい。作戦封鎖《ふうさ》なんかされたおかげで、動けなくなっちまった。内部調査が入るだろうし、しばらくは大人しくしてないといけなくなったよ。本当はあと二、三人狩る予定がぱあだ」

大げさな動作で、肩をすくめる。

「まあ、いいさ。で、どうする？　お前はどうしたい？」

「ノアちゃんを、返してもらいます」

必死に震えないように、僕は言った。

「ああ、いいぜ、と言いたいが、タダってわけには、いかねえなあ。お前さん、俺とやりあう覚悟《かくご》は、あるんだろ？」

そう言うと、リーさんはなにを思ったか拳銃を下ろし、そのまま床に置いた。勢いをつけて僕のほうへと滑《すべ》らせる。

「それ、使えよ。俺のじゃないがな」

僕は足元の拳銃《けんじゅう》を拾い上げた。白くて細い手に全然似合わない、ノアちゃんの銃だ。

「遠慮しなくていいぞ。俺は自分の持ってるし」

僕はずっしりと重たい拳銃を眺《なが》める。初めてノアちゃんに会ったとき、これで撃たれたんだった。よくこんなもの、片手で撃てるな。

「撃つときは、反動に気をつけろよ。手首に力入れて、しっかり構えて引き金引け」

いつの間にかリーさんの手には銀色の小さな銃《じゅう》が握られていた。ワルサーPPK。

「こいつとちがって、そっちは反動キツいからな。おっと、俺がPPK使ってるからって、ジェームス・ボンドのファンだなんて思うなよ？　あいつは嫌いなんだよ。俺に言わせりゃ、あいつは退屈じゃないんだよ。どっちかっていうと、俺の好みはオースティン・パワーズだな……」

つまらなそうに呟《つぶや》いて、ふう、と息を吐《は》く。

「さて、無駄話《むだばなし》はこの辺にして、始めようか。自慢《じまん》じゃないが俺は本当に射撃《しゃげき》と格闘技《かくとうぎ》が苦手でね。この距離でも自信がないんだ。さあ、下手《へた》クソと初心者、条件はイーブンだ。お互いの運命を試してみようじゃないか」

僕は手に持った銃をもう一度見つめて、それから、リーさんの足元に横たわっているノアちゃんを見つめた。僕を守ってくれるために、助けてくれるために、自分の命の危険を顧《かえり》みず、ひとりで頑張《がんば》った、小さな女の子。

たくさん助けてくれてありがとう。

今度は僕が、助ける。

安全装置を解除する。そうだ、最初、ノアちゃんはこれ掛けたまま、僕のこと狙《ねら》ったんだよな。ノアちゃんも緊張してたのかも。「新人さんの中では、ノアが一番優秀です！」って言ってたけど、ホントかな。

僕はちょっとだけ笑って、ゆっくりと銃を掲《かか》げた。

「おい？」

リーさんが片方の眉《まゆ》を吊《つ》り上げた。

「なにやってる？」

僕は銃口を向けて、慎重《しんちょう》に狙《ねら》いを定める。リーさんのアドバイスの通り、反動に備えて手首に力を入れる。銃なんか撃ったことないけど、これだけ近ければ狙いは外さない。

「おい！」

リーさんが焦《あせ》った声で言った。自分で銃を渡しておいて変なの。そう思うと、なんだかおかしくなった。

僕は細く長く息を吐いて、それから目を閉じた。

よし。

覚悟《かくご》は決まった。

ノアちゃんを助ける方法は、これしかない。

絶対に外さない。

狙《ねら》いは、僕のこめかみだ。


「頭、おかしいんじゃねえか?」

リーさんが気味悪そうに呟《つぶや》いたが、そう言われても仕方がない。

でも、これが、僕の出した結論だ。

僕が存在することが運命を狂わせるなら、僕の存在が正しいものをまちがった方向に導くなら、運命が僕の存在を許さないなら。

僕は引き金に掛かった指に力を込める。

引き金って意外と重いんだ。

自分の心臓の音が聞こえる。どくどくと脈打つような音は、でも不思議なことに、銃口《じゅうこう》がひやりと押し付けられたこめかみで鳴っているようで、僕はその音を聞きながら、引き金に掛かる指に力を込める、これは、

――轟音《ごうおん》。身体が床に転がる。耳が聞こえない。顔の右半分と、右の手のひらが熱い。右手首から先がなくなっている。ぐしゃぐしゃの鉄の塊《かたまり》と、それから手首から突き出した黄色っぽいものが見える。骨？　そう思った途端、急に熱が痛みに変わる――

賭《か》けだった。

もし僕が、正しい世界に紛《まぎ》れ込んだまちがった歯車なら、きっと世界は、運命は僕の存在を許さないだろう。どれだけ心臓が飛び跳ねても、身体が利《き》かなくなるぐらいに緊張しても、決定的な二者択一を前にしても、もう未来が見えることはないかもしれない。

だけど、もし。

もしも、余分な歯車にも、なにか意味があるとしたら。

僕の存在が、運命に許されているとしたら。

頭蓋骨《ずがいこつ》を貫《つらぬ》く弾丸《だんがん》の代わりに、見るべきものが、見えるはず。

僕は、ゆっくりと右手から力を抜いた。腕を下ろそうとするけれど、手にも肘《ひじ》にも肩にもすごく力が入っていたみたいで上手《うま》くいかない。本気で自分の命を絶とうとしたんだから、当たり前かもしれないけれど。

「なにか細工、しましたね？」

ようやく腕を下ろして銃を床に置き、リーさんのほうに滑《すべ》らせた。拳銃《けんじゅう》は、僕とリーさんの中間辺りで、止まった。

「どういう仕掛けだよ？」

リーさんは僕と、それから床の銃に均等に視線を送って、それから唇を歪《ゆが》めた。

ふう、とリーさんがため息をついた。

「まったく愉快なやつだよ、お前は。いちいち、俺の段取りを無視しやがる。そいつが」

と、拳銃を顎《あご》で示す。

「暴発してそれで終わり。そしたら楽だったんだけどな。本当に、面白《おもしろ》いやつだよ、お前は。俺の計画がことごとくズレていく。非常に面白いし、非常に不愉快だ。お前みたいなイレギュラがいちゃ、次から次へと世界の運命が狂っちまう。大体な、俺がこうやって直《じか》に出てきてること自体、ずいぶんおかしい事なんだ。わかるか？　俺の仕事は世界を正しく導くこと、俺に言わせりゃ、より退屈な方向へ、な。それがどうだ、今のこの状況は？　退屈なんぞとはほど遠い、刺激の極《きわ》みじゃねえか」

リーさんは口先だけで笑ってみせた。そしてふっと息を抜く。

「さて、この銃には細工がしてある。だったら、さあ、どうするんだ？」

リーさんの口調はあくまでも穏やかで、でもその中には、なにか狂気じみた激情が潜《ひそ》んでいる。

僕はノアちゃんのほうへと、一歩足を踏み出した。とたんにみしりと、

——床が鳴る。一歩一歩、近づく。不意に、足元が裂《さ》ける。床が抜ける。身体が浮く。落下する。叩《たた》きつけられる——

「落とし穴」

僕の言葉に、リーさんの顔がぴくりと引きつったように見えた。

「お前、一体、なんなんだ？　どうやって………」

——穴を避ける。右から回りこむ。足を取られる。身体がのめる。足に糸が食い込む。吊《つ》り上げられる——

「……なんでわかる？　手品のタネは単純なもんだって相場が決まってるんだがな。あんまり複雑だと、客が引くぜ………」

僕はゆっくり、右に歩き出した。懸命に足元に目を凝《こ》らす。きらり、とワイヤーのような細い糸が光った。僕はそれを、ゆっくりとまたぎ越した。

「……おいおい」

リーさんが呆然《ぼうぜん》と言った。

「そこまでわかんのか？」

ずっと不思議だった。

どうしてただ未来のことを見ているのに、聞こえるもの、触れるもの、感じるものがこんなにもリアルなんだろうって。予知なら、ただなにが起こるかを知るだけで、こんなにも鮮《あざ》やかにすべてを感じられないだろう。でも、ようやくわかった。

僕は未来を見ているんじゃない。

未来に足を踏み入れてるんだ。

あり得るかもしれない、起こり得るかもしれない、選んでいたかもしれない、

――「お前、もしかして、わかるのか？　先のことが、全部」――

運命のひとつに。

「お前、もしかして、わかるのか？　先のことが、全部」

「お前、もしかして、わかるのか？　先のことが、全部」

僕とリーさんの声が重なった。

僕はまた一歩、足を踏み出す。青白い顔で僕をじっと見つめていたリーさんは、びくりと肩を震わせると、やがて、はっと短く息を吐《は》いた。

「俺の負けだよ、イレギュラ。もう俺は手を引くぜ」

「え……？」

「あとは好きにしてくれよ。面倒くせえ」

リーさんは心底嫌《いや》になったというふうに、首を左右に振った。

「イレギュラの相手はもう、こりごりだ。こいつも、まあ重傷だけど手当てすりゃ、命には別状ねえだろうよ」

リーさんはそう言って足元のノアちゃんにわずかに視線を向けると、もうすべてに関心を失ったとでもいうように、ふん、と鼻を鳴らして背中を向けて、靴音《くつおと》を響かせて歩き去ってしまった。

僕は呆然とその背中を見つめて、それから我に返って叫んだ。

「ノアちゃん！」

床に横たわるノアちゃんに駆け寄って抱き起こし、僕は息を呑《の》んだ。太ももに巻きつけてある白い布は血を吸ってほとんど茶色に変色している。もともと色の白い顔は、さらに血の気を失って、薄闇《うすやみ》の中で光ってすらいるように見えた。

「ノアちゃん、しっかりして！」

僕が大声で呼びかけると、ノアちゃんの口元がなにか言いたげに動いた。

早く救急車を、そう思ってポケットから携帯《けいたい》電話を取り出した。早く、早く、早く……！

もどかしく携帯を開こうとした。焦《あせ》っているせいか、なかなか上手《うま》く行かない。落ち着いて、落ち着いて……、簡単なことだ。いつもやってることだ。携帯を開いて、番号を押すだけ……。なのに、身体が言うことを聞いてくれない。見ると、僕の手は携帯を開くこともボタンを押すこともなく、ただ、小刻みに震えている。

やがて、すとんと携帯が滑《すべ》り落ちた。

「やっとかよ」

まるで遠くのほうから聞こえるように、ぼんやりと霞《かす》んだ声がした。

いつの間にかリーさんが歩みを止めて、こちらを向いていた。その顔は異形に変化していた。広がった鼻。裂《さ》けたような口。そこからパイプのようなものが延びている。

……ガスマスク？

「ようやく捕まえたぜ、イレギュラ」

リーさんの足元には、ステンレスの水筒のようなものが転がっている。そこから、薄い薄い煙が広がっていた。

「神経ガス……って言っても、致死性のもんじゃない。ただちょっと、静かに休んでてもらいたくてな。こいつまで見破られたらと思ったら、気が気じゃなかったぜ？　まったく、お前さんは愉快だよ」

リーさんの言葉に相槌《あいづち》を打つようなタイミングで、体育館の屋根が、みし、と鳴った。

「あと三十分と少しで、ここは崩れる。そういう仕掛けをしておいた。俺がなんでこんな場所に呼び出したんだと思う？　子供時代のノスタルジーに浸《ひた》りたかったわけじゃない。ここならいろいろ仕掛けられるから俺が直《じか》に手を下す必要もない。『廃校に忍び込んで楽しいことしようとしたカップルが建物の崩落に巻き込まれた』って演出だ」

僕は朦朧《もうろう》としながらリーさんの言葉を聞いていた。崩れる？　ここが？

「対内的にはちょっとややこしいがな。ま、イレギュラ調査中の工作員が事故に巻き込まれたって線で押せば、なんとかなんだろ」

その目はもう、僕を見ていなかった。

「楽しい余生を過ごしてくれ。短い付き合いだったが、楽しかったぜ」

視界の中のリーさんが、背中を向けた。今度こそ、立ち止まることなく、ゆっくり歩いていく。

身体にまったく力が入らない。僕はただ、腕の中にすっぽり納まるノアちゃんの小さな身体を落としてしまわないように必死に力を入れながら、闇《やみ》の中に消えていく、リーさんの姿を見つめるしかできない。

ごうぅぅうん、と重く、低い音が轟《とどろ》いた。

リーさんが不審気な顔で足を止める。

雷《かみなり》？

霞《かす》む頭で、ぼんやり思ったときだった。

再び、獣《けもの》の唸《うな》りのような爆音《ばくおん》。

同時に凄《すさ》まじい音を立てて、体育館の木の扉が裂けた。

射し込んできた強烈な光に、視界を奪われる。光が、体育館の闇の中からリーさんの姿を引きずり出す。細長いシルエットの足元から影法師がぎゅうっと伸びて、体育館の壁を這《は》い上る。

三度の轟音《ごうおん》とともに、光が動いた。

白い滝のような光の束がまっすぐ、リーさんの身体に突き刺さった。僕の目に、一瞬《いっしゅん》、ぽかんとしたリーさんの顔が見えた。その身体がゴム人形のように宙に舞い、鈍い音と共に一度、二度とバウンドした後、床に転がる。

やがて僕の目の前で、なにかが、ききき、と鋭い音を立てて止まった。

「なに、やってんだよ」

光に目が慣れてくると、ヘッドライトを煌々《こうこう》と輝かせたバイクの運転席の、男っぽい笑顔が見えてくる。

「岩田《いわた》くん……?」

「お前があんまり冷たいからよ、尾行《つけ》てきたんだ。バイクで人間尾行るのって、結構、大変な?」

そう言うと、ぱっとバイクから飛び降りて、床に転がっている僕とノアちゃんを怪訝《けげん》な顔で眺めた。

「なにがどうなってんのかわかんねえけど、あいつ、悪者だよな？　轢《ひ》いちゃったけどよかったよな？　それにしても一体、なにに巻き込まれて……？」

そう言いかけて顔をしかめた。首を左右に強く振る。

「息、しちゃ、だめ……、ガスが……」

わかった、というようにうなずきかけた岩田くんの背後に、ぬっと人影が現れた。

危ない、と警告する間もなく、銃《じゅう》のグリップが岩田くんの頬《ほお》に食い込んで、その身体がぐにゃりと崩れ落ちた。

「まったくなあ……」

ガスマスクもどこかに吹っ飛んでしまって、血まみれの顔をむき出しにしたリーさんは、それでも穏やかに言った。

「これだからいやなんだよ、イレギュラは。次から次へとまったく……、ま、これは俺の油断だな」

相変わらずの口調だったが、その顔からは、ずっと張り付いていた静かな笑みが消えていた。

腕がゆっくり上がって、僕の額に銃を突きつけて、血走った目で僕を見つめる。

数秒の後、は、と息を吐《つ》いて、リーは再び銃を下ろした。

「イレギュラに関わると、ロクなことにならねえ。俺はもう、行くぜ」

そう言うと、倒れた岩田《いわた》くんに手を伸ばした。

「岩田くんは、関係、ないだろ……」

「大ありだよ。こいつがここにいたら、俺の演出がぱあになるだろ。どっかで事故にでも遭《あ》ってもらうよ。まったく余計な仕事だ」

「ちょっと、待て……」

僕は立ち上がろうとするけれど、まったく力が入らない。頭の中にも霞《かすみ》を詰め込まれたみたいに、なにもまともに考えられない。

意識が遠のく。視界が暗くなる。力が抜ける。

僕は必死で頭を振って、腕に力を込め直す。

腕の中のノアちゃんの体。今ではその重さだけが、現実と僕とを繋《つな》いでいるみたいだった。

ノアちゃんの呼吸は浅く、荒い。その目が、ほんのわずかに開かれている。僕の姿を認めたのか、そこに表情らしきものが表れた。夢を見ているような淡い光。唇が小さく動く。

「こーへー……」

僕は唇をかみ締《し》める。なにも出来ない。いつだって、僕はなにもできない。

「じたばたすんなよ。言ったろ、じたばたしたって結局一緒なんだよ」

リーさんの手が岩田くんの襟《えり》に掛かる。岩田くんの顎《あご》を伝って、血がぽたりと落ちる。

頭の中に立ち込めた霧《きり》が、ほんの一瞬《いっしゅん》、隙間《すきま》を作った。

本当にそうか？　いつだって一緒なのか？

僕らは回っているんじゃなくて回されているだけ？　運命はあらかじめ決まっていて、僕らはそれに従ってるだけ？　じたばたしたって、結局は無駄《むだ》なだけ？

確かにそうかもしれない。でもそうじゃないかもしれない。運命が大きな機構で、僕らは小さな歯車かもしれないけれど、でもできることがないわけじゃない。小さな歯車だって、少しでも早く回るように頑張《がんば》ったり、その流れを止めるように踏みこたえたりすることぐらいは、できる。

岩田くんを助けようとして飛び出したとき、僕はなにも考えていなかった。計算も、計画も、勝算も、なにもなかった。でも、僕は飛び出した。友達のために。大切なのは、知性や理性や、それどころか情熱や本能ですら、ないんじゃないか？

ただ、普通に、単純に、誰かのことを好きで、一緒にいたくて、そのひとのためになんとかしたいって思う気持ち。その気持ちが動かす身体。それだけなんじゃないか？

僕は必死にポケットに手を伸ばした。

そこから取り出したものを口元に持っていく。手に力が入らない。歯を食いしばってピンを抜く。きつく目を閉じて、それを転がす。

なにかの気配を感じたのか、リーさんが振り向いた。

同時に、轟音《ごうおん》が響き渡った。目を閉じてなお視界が白に塗りつぶされて世界が歪《ゆが》む。

身体が前後に引き裂かれるような感覚があって、そして、

——屋根が鳴る。壁に亀裂《きれつ》が走る。ガラスが砕ける。立ち上がる。転ぶ。もう一度立ち上がる。梁《はり》が落ちる。倒れる。血が流れる。視界が揺《ゆ》れる。血が目に入る。赤く染まる——

違う。

——屋根が割れる。夜空がのぞく。腕を伸ばす。届かない。身体を寄せる。這《は》いずる。ガラスが降り注ぐ。刺さる。梁《はり》が落ちる。床が割れる——

違う。ここじゃない。

——屋根が軋《きし》む。星が瞬《またた》く。右腕を伸ばす。抱える。這いずる。壁が割れる。亀裂が走る。左腕。摑《つか》む。引き寄せる。ガラスが砕ける。壁が崩れる。梁が落ちる。床が裂ける。穴が開く。黒い穴。奈落へと続く穴。

——あそこだ！

リーさんがどんな細工をしたかはわからない。でも岩田《いわた》くんがバイクで乗り込んできたこと
と、閃光弾《せんこうだん》の衝撃《しょうげき》があと三十分は保つはずだった崩壊を早めたのだろう。
ばり、と今までにない大きさで屋根が鳴った。屋根が中央から真っ二つに裂け始めていて、
そこから夜空がのぞいていた。屋根から大きな梁《はり》や壁の破片が、雪が降るようにぱらぱらと落
ちてくる。やがてべきべきと音がして壁に亀裂《きれつ》が走り、そこから砕けたコンクリートの破片が
吐《は》き出される。建物全体の歪《ゆが》みに耐えかねて、ガラス窓や木製の扉が砕けていく。
でも僕はもう、それも見ていなかった。
残った力を振り絞《しぼ》って血まみれのノアちゃんの身体を抱《かか》えて這《は》いながら、もう片方の手を伸
ばし、岩田くんの身体を引き寄せた。
立つことはできない。ただ、必死に両足を入れて、床の上を虫みたいに這って進む。
動けるのはほんの少しだけ。悪夢の中のように身体が重い。でもそれを引きずって、少しで
も進む。到底、体育館の外には出られない。でも、あそこなら。
目の前にこつん、と砂粒が跳ね返った。
それが合図だったみたいに、一気に天井が崩れ落ちた。

終章

逆さまのクリーム

十月も中頃を過ぎれば吹き渡る風もずいぶん冷たい。

それにしても珍《めずら》しい待ち合わせ場所だよな。

呼び出された場所にやってきた僕は、そう思いながら左右を見回した。こんなところに来るのは何年ぶりだろう。子供のときに父さんに連れて来られた記憶はあるけれど、それも小学生の低学年のときだから……、十年ぶりぐらい？

うおおお、と反対側のスタンドから太い歓声が上がった。グラウンドを見下ろすと、地元チームの選手が二塁打《るいだ》をかっ飛ばしたところだった。

プロ野球の最終戦、プレーオフに進出するチームはとっくに決定していて、このデーゲームは消化試合そのものだけど、それでもずいぶん大勢の人が集まっている。やっぱり、お目当てはみんな同じなのだろう。

「すみません、遅れちゃって」

僕は外野スタンドの一番奥、もっとも高い場所にある座席で、目当ての人を見つけた。

「もぉ！　遅いよぉ。あたし、男の子に待たされるのって慣れてないんだからぁ」

ベースボールキャップにでかいサングラス、穴の開いたジーンズにフードのついたニット。一応、変装なんかして、でも相変わらずの甘い声であかねさんは言った。

あれから三週間近くが経《た》っていた。

「それで、ケガの具合、どう？」

「はあ……。まあ、おかげさまで」

とは言ったものの、僕の足にはまだがっちりギプスがはまっている。

「それにしても、よく生きてたよねぇ」

なんと言っていいのかわからず、てへへ、と笑ってみた。

僕たちは体育館の崩落と同時に口を開けたリーさんの落とし穴に飛び込んで、落ちてきた鉄骨や梁《はり》に押しつぶされるのを免れた。

とはいっても、転落のおかげで僕は足を骨折し、岩田《いわた》くんも頭を打っていたために、結局十日間、ソサエティの医療施設《いりようしせつ》に入院を余儀なくされた。そこでこれ幸いとばかりに脳波やらCTやら、ラットのようにいろいろな検査を受けさせられたのだけど、でも結果はまったくの正常で、妙《みよう》にのっぺりした顔の医師はがっくりしながら「強《し》いていえば、頭蓋骨《ずがいこつ》がやや分厚い」とコメントして、巻き添えのように僕をがっくりさせた。

「それで、リーさんのほうはどうなりました？」

「まだみたい。まあ、時間の問題だと思うけど」

体育館の瓦礫《がれき》の下に、リーさんの死体はなかった。同僚《どうりょう》メンバーに対する傷害、一般人に対する非作戦介入など様々な罪状で、現在ソサエティが行方を追跡中だという。ソサエティ内の急進派である宿命派は大打撃を受け、これできみもちょっとは安心ねとあかねさんは言うが、どうだろうか。あの人がそんな簡単に捕まったりあきらめたりするとは、正直思えない。

ゲームは七回表まで進み、7―2でホームチームがリードしていた。なんとなく周囲がそわそわしているのが空気でわかる。出るならこの辺だろ、って感じ。

「で、ノアちゃんはどうしてます？」

できるだけ軽い口調を装《よそお》ってみようとしたけど、ちょっとだけ声が震えた。

あかねさんは、う～ん……、とあいまいに言って、黙《だま》った。手で口元を覆《おお》い、しかもサングラスを掛けているから表情はわからない。

こんなときでも、笑顔なんだろうか？

僕たち三人の中では、ノアちゃんのケガがやはり、一番ひどかった。銃《じゅう》で撃たれたらしい脚の傷は血管を傷付け、さらに骨を砕いていた。入院中には合併症《がっぺいしょう》まで起こして、一時はかなり危険な状態だったという。さし当たって命の心配はない、と聞かされていたけど、結局、僕が退院しても会えないままだった。

「少しずつだけど、回復はしてる。だけどねぇ」

精神的なことがねぇ。

ようやく口を開いたあかねさんはかみ締《し》めるように、ゆっくりと言った。

「本人次第なんだけどねぇ」

同じ組織のメンバーに銃《じゅう》で撃たれて、本当に死の一歩手前まで近づいたその重みは僕には推《お》し量るしかない。「ソサエティのひとはみんな家族です」と言っていたノアちゃんの顔を思い出すと、胸が痛んだ。

「また身体が元通り動くようになるかどうかもわからないけど、それより心が、ね。とにかく一度、ヨーロッパ支部に戻すよ。リハビリも、慣れた環境のほうがやりやすいでしょ。そのあと、どうするかは、ノア次第だけどね……」

突然、銃弾《じゅうだん》とともに現れて、そしてまた急にいなくなってしまったノアちゃんのことを考えた。あまりに整いすぎた顔や必死でケーキをぱくついている姿、だらしなく寝そべってソファでマンガを読んでいたり、僕がからかったりしたときのふくれた顔、そんないろいろを思い出していると、まるでこの一ヶ月の出来事が夢か幻《まぼろし》みたいに思えてくる。その思い出は淡いメレンゲのように、ふわっと消えてしまいそうに頼りない。

「もう……、会えないんですね」

呟《つぶや》いた僕を見て、またしばらく黙《だま》り込んでから、あかねさんは言った。

「確かに、リハビリも厳しいし、現場復帰するっていうのは、もっとキツいと思う。でもさあかねさんの言葉を、代打を告げる場内アナウンスがさえぎった。

一塁《いちるい》側からも三塁側からも、おおお！　という津波のような歓声が起きる。ここにいる人のほとんどはこの瞬間《しゅんかん》を見に来たのだ。

三谷《みたに》選手はネクストバッターズサークルで素振りをしてから、ゆっくりと打席に向かう。その身体はプロの選手ばかりのグラウンドでも、一際《ひときわ》大きく見える。観客席のあちこちがにわかにあわただしくなって、見る間にスタンドが旗や横断幕で埋め尽くされる。

数日前、スポーツ新聞に三谷選手引退の記事が大々的に報《ほう》じられた。本人が正式に発表したわけではないが、今期もほとんど出場がなく引退は時間の問題と見られていただけに、今期最終試合となる今日、最後の花道となる打席が用意されるはずだと多くのファンが集まっていた。

オーロラビジョンに三谷選手の顔が大写しになる。緊張しているのか、ごつい顔も心なしか強張《こわば》っている。

今までありがとー！　などという歓声が飛ぶ。さすが元甲子園《こうしえん》のヒーロー、本当は敵《てき》であるはずの一塁側のスタンドにも多くの横断幕が掲げられていた。

マウンド上のピッチャーが帽子を取って一礼する。地元チームのエース格だが、しかし三谷選手の引退に敬意を払って消化試合に登板しているわけではない。彼がそこに立っているのはこの一勝に最多勝投手のタイトルが掛かっているからだ。

ツーアウト、ランナー二塁《るい》。

「正直思うんだけどさ」

ぽつり、とあかねさんが言った。

「ひとの運命なんて、わかんのかなぁって思う。あたしがこんなこと言っちゃ、よくないけどね。確かにソサエティの運命読みは優秀で、あらゆる可能性を読んでるっていうし、実際そうなんだけど、でもねぇ、一〇〇パーじゃないんだよねぇ。残念ながら」

あかねさんは椅子《いす》に膝《ひざ》を立てて座って、両手に顎《あご》を乗せてグラウンドを向いている。この人はどんな気持ちで、いまここにいるんだろう。自分の恋人、でいいのかな？　の引退試合。三《み》谷《たに》選手はあかねさんのこと、ソサエティのこと、知ってるのかな。

スタンドはどこかざわついている。花束贈呈でもあるのだろうと思っていたにも拘《かか》わらず、三谷選手がまるでいつも試合のようにまっすぐに打席に向かったからだ。

「あのひとも、イレギュラなんだよね。正確にいうと、イレギュラだった、かな」

え？　思わず聞き返そうとした僕の声を歓声がかき消す。

打席を見ると思い切り空振りした三谷選手が勢い余って膝をついていた。大きなビジョンにリプレイが映った。素人目《しろうとめ》から見てもずいぶん、振り遅れているのがわかった。

「本当だったらあのひと、今頃、スーパーの店長さんだったはずなんだよねぇ。『予定されていた運命』によれば。それがこんなことになっちゃって」

観客席にはスター選手の最後の打席にふさわしい悲壮感はなく、どこかのんびりしたムードが漂《ただよ》っている。それはグラウンドの上でも同じだった。外野手も内野手もどこか緊張感なくだらりと構えている。今期の順位はすでに決定していて、この試合もすでに五点差。仮にホームランが出ても、大勢には影響《えいきょう》しないこと、それにみんな、三谷選手の引退も近いだろうと予想していたことが、この雰囲気《ふんいき》の原因かもしれない。

「初めて会ったの、あのひとが中三ぐらいだったかなぁ。別の任務で、あたし河原にいたの。まだ子供で。歩いてくるおじさんに挨拶《あいさつ》する役だったかなぁ。そのおじさんは借金があって今から自殺しようとしてたんだけど、偶然《ぐうぜん》出会った子に挨拶されて、自分の子供のことを思い出して踏みとどまる。まあ、そんな感じのいつもの介入で、簡単な仕事。それでおじさんが通りかかるまで、河原でやってた中学生の野球の試合、見てたのよ。で、中に超下手《へた》な子がいて、どう見てもアウトだろって当たりでも一生懸命走ってて、そんなことぐらいしか取り得がない子、それがあのひと」

オーロラビジョンに、帽子を取って汗をぬぐうピッチャーの顔が映った。彼もまた甲子園のヒーローだった。ただ、三谷選手とは違って、プロに入っても着実に成果を積み上げてきた彼は、今年は日本代表にも選ばれてWBCでは大活躍を見せていた。確か、最近女優さんと結婚して、子供も生まれたらしい。その顔には、自信がみなぎり、そして爽《さわ》やかな笑いが浮かんでいる。打席を外した三谷選手は、ぶん、ぶん、と素振りを繰り返している。張り詰めた、真剣な表情だった。

「で、その試合も終わって、あのひとは当然活躍《かつやく》もせず、とぼとぼ帰っていった。それからもうちょっと時間を潰《つぶ》して、あたしは仕事終わらせて、とっとと帰ろうとしたの。それで振り返ったら、あのひとがいた」

すぱん、と鋭い速球が決まった。ストライクかと思ったが、審判は首を横に振る。どうやら少しだけ、外れていたらしい。

ワンストライク、ワンボール。

「なんか忘れ物したらしいんだけど、いや〜、焦《あせ》ったね。だって、その時間帯はその周辺に誰もいないって聞いてたんだもん」

その驚きはちょっとわかる。初めて会ったときの、僕とノアちゃんだ。

「あ、これがイレギュラか、っていう気持ちと、排除《はいじょ》しなきゃっていう気持ちと、排除ってどうやるんだっけって、そんな気持ちがこんがらがってたとこに、声掛けられて。さっき、見てたでしょ、僕、下手《へた》だよね、って。なんか、かわいそうになっちゃってさぁ。思わず言っちゃったんだ。一生懸命だったねって」

もう一度同じコースに、さっきよりも速い球が来た。三谷《みたに》選手は振らない。自信を持って見送ったようにも見えた。

「本当は任務中に他人と口きいちゃいけないんだけどぉ、怒られるのヤだからイレギュラと出くわしたのも報告しないで黙《だま》ってたんだ。そんときのことは、しばらくしたらすっかり忘れてえ。で、何年か経《た》って上に呼ばれて、イレギュラが発生してるから調査しろって写真見せられたときはびびったよぉ。あのときの下手くそじゃん！　って」

かん、と鈍い音がした。打球がふらふらっと一塁《いちるい》のファールゾーンに舞い上がった。あわてて一塁手が走ったが、ボールはそのグラブの、ずいぶん先に落ちた。

ツーストライク、ツーボール。

「そのときは、甲子園のヒーローって騒がれる少し前。あの下手だったのが、よ？」

「もしかして、あかねさんの励《はげ》ましが三谷選手を成長させた、とか？」

「知らないよぉ、そんなことー。でもさあ、スポーツ選手って影響大きいじゃない？　よく勇気もらったとか感動したとかって、そういうので運命変わっちゃうこと、よくあるから焦《あせ》っちゃってさー。いろいろ手を尽くして彼に近づいて。ファンレターとか出しちゃったりして」

「それで付き合うようになったんですか？」

僕の問いに、あかねさんは、あはは、と笑った。

「ちがうちがう、付き合ってないって。だってそのとき、あたし小学校低学年の女の子っていう設定だよ？　それで付き合ったりしたら、やばいっしょ」

ああ、と言いかけて、僕はあることに気づく。

「歳、合わなくないです？」

初めて会ったのは三谷《みたに》選手が中学生。高校生のときに、あかねさんは小学生の低学年。三谷選手は今、三十過ぎで、あかねさんは十以上年下だって言ってたから……。

むふふ、とあかねさんは妙《みょう》な笑い方をした。

「ノアに聞いてないの？　ソサエティの女は、みんな年齢、無いんだよ」

「ホントはいくつなんです？　あかねさんもノアちゃんも」

失礼なのは承知だったが、僕はあえて聞いてみた。

「ノアはねぇ十四か五だったたと思うよ。あたしはね……」

あかねさんは僕の耳元でこそっと囁《ささや》いた。

「げ！」

「げ！　ってなによぉ！」

今度は澄《す》んだいい音が響いた。さっきのファールとは明らかに勢いが違う。打球はぐっと伸びて、ポールの脇《わき》ぎりぎりのところを通ってスタンドに飛び込む。ほおお、と嘆息《たんそく》が漏《も》れた。

ファウルだ。だけど、惜しいファウルだ。

今の打球を機会に、明らかにスタンドの雰囲気《ふんいき》が変わっていた。はっきりとした声にならないざわめきが広がる。

「とにかくそれからずっと、あたしはあのひとを調査してるわけ。君たちが考えるようなエッチい関係じゃなくって、ファン第一号と悩める選手の関係として。まぁ、あのひとは調査されてるなんて思ってもみないだろうけど」

いい速球が投げ込まれる。一五〇キロは出ていただろう。でも、見ただけでボールとわかるほど高かった。

ツーストライク、スリーボール。

ミタニーッ！　と誰かが叫んだ。

「それでなにかわかったんですか？　その、イレギュラである原因とか、理由とか」

「ぜーんぜん。なにもわかんない。わかったのは、わかんないってことと、それからあのひとが、毎日毎日毎日バット振ってるっていうことぐらい。飽きもせずに、何年も何年も」

あっ！　とスタンド全体が息を呑《の》んだ。今まで直球しか投げなかったピッチャーが初めて投げた変化球に、三谷選手の身体がぐらつく。ボールはかろうじて出したバットの先に当たって、ファールゾーンに転がった。三谷選手は審判に手を上げて、一度打席を外す。

「未来に起こることって……」

いつの間にか僕も、三谷選手から目が離せなくなっていた。あんまり野球のことは詳《くわ》しくないし、彼の所属しているチームもあまり好きではない。でも、僕はぐっと拳《こぶし》を握り締めていた。

ピッチャーの両手が高く上がる。

「未来に起こることってわかってるんですよね？　ソサエティの運命読みには」

「うん。大体のことはわかる。避けられない運命っていうのは確かにある。でも変わらない運

命もない。未来はね、変わるの。ノアの未来も、君の未来も、刻一刻、ね。その証拠に、あたしにだって、

あのひとが今、打つかどうか、わからないもの」

三谷《みたに》選手がバットを振り抜いた。ボールは一直線にスタンドを目指す。行けー！　誰かが叫ぶ。もしかすると、僕だったかもしれない。ボールは再びライトポールの辺りで消えた。入った？　スタンドの観客全員の視線がいろんなところに走る。審判、スコアボード、三谷選手本人。ボードの上に、ぽっとファウルのランプが灯って、まちがいなく球場がため息に包まれる。

もうあかねさんはなにも言わなかった。僕も言わない、いや言えない。スタンドにもグラウンドにも緊張感が満ちる。

再びピッチャーの腕が上がった。長身から投げ下ろすようなフォームでボールが放たれた。不動の構えを取っていた三谷選手のバットがほんのわずかに下がって、そこからぐん！　と力強く振り出される。

一瞬《いっしゅん》、静寂《せいじゃく》が支配した。

それから審判の右手が上がった。

三振。

うわあ！　なのか、はああ！　なのかわからないどよめきの中、放心する僕の隣で、サングラスを外してにこにこ笑ったあかねさんが呟《つぶや》いた。

BASE
BALL

「だから、面白《おもしろ》いんだよね」

◎　◎　◎

冬がやってきた。

もう涼《すず》しいとか冷たいとかじゃない。寒い。朝ベッドから出るのが辛《つら》いし、通学路もコートとマフラーなしじゃムリ。紅茶よりココアのほうが美味《おい》しくなってくる。

こうやって帰り道をぶらぶら歩いていても、ついポケットに手を突っ込んでしまう。

僕のケガはほぼ完治した。ただ、ときどき突っ張る感じはするけど、のっぺり顔の医者によるとこれは仕方がないらしい。怪我《けが》するときは一瞬《いっしゅん》だけど、治るのは時間が掛かる。なんでも徐々にしか良くはならない。当たり前のことを、当たり前の口調で言われた。

僕の生活は、平穏で静かなものだ。学校と家の往復。でも退屈ではない。もう一生、退屈、なんて怖くて口に出せないかも。口にした瞬間にあの人が現れそうで。

そういえば、あれから未来が見えることはなくなった。いまだに常連になっている保健室で、「熱あるんじゃねえか？」って麻奈美《まなみ》先生におでこを押し付けられてどきどきすることはあるけど、それでも現在は現在のまま。僕と世界は平和な速度で進んでいる。結構なことだ。

学校の連中は相変わらず。丹沢《たんざわ》さんは受験が近いにも拘《かか》わらず、ふらふらと部室に顔を出しては「人はなぜ学ぶのだろうか……」などと面倒くさいことを言っては、同じ受験生の佐川《さがわ》さんに嫌《いや》がられている。勉強すりゃあいいのに。反対に里見《さとみ》はどうやら中間テストの成績がやばかったらしく、見た目に反して成績のいい大竹《おおたけ》に教えてもらいながら、柄《がら》にもなく黙々《もくもく》と勉強している。唐島《からしま》さんは、今でも僕のそばに来て「美少女……」と恨みがましい目を向けるので、ちょっと怖い。

岩田《いわた》くんとちはるは、毎週日曜日に遊びに来る。僕の作ったお菓子を食べて、無駄話《むだばなし》したり、ゲームしたり。岩田くんはまだあの事件全般に納得《なっとく》してないみたいで、ちはるがいなくなると、なあ、あれなんだったんだ？　と聞いてくるが、ちはるが戻ってきた途端に、男っぽく無口になる。ちはるに知られちゃいけないのは当たり前だけど、そのギャップがなんだか僕にはおかしいし、三人でいると、やっぱりちはるが中心なのかもって思う。

三人で話をしてると、明るくおしゃべりなちはるだけど、学校で会うと、まだまだ内気でおとなしい。でも、来年は生徒会長に立候補する！　とか言ってた。どうしちゃったんだろう。なんでも、学校の規則とかなんとかに言いたいことがあるんだって。人前に出て行くのはすごい勇気があるなと思うけど、人助けモードが定着してしまうのも、ちょっと困る。

そうそう、今月の初めに、久しぶりに両親が帰ってきた。いつかの酒屋の店主から「助けてもらったお礼に！」と送られてきた高級酒セットが並んでいるカウンターを見て父さんは目を丸くし、母さんは「素敵《すてき》！」と高らかに叫んでいた。もちろん、その中の一本であるラム酒を使って作ったホイップをそえた、クレーム・ランベルセが両親に好評だったのはうれしかったな。

「なんか、味が変わったな」と父さんはうなずいてた。「食べた人を喜ばせたいっていう気持ちが入ってる」とも。

「ねえ、そういえばさ、クレーム・ランベルセってどういう意味？」

ふと思いついて尋《たず》ねた僕に、父さんは言った。

「フランス語で、逆さまのクリーム」

「逆さま？」

「ほら、プリンってのは、クリームの土台の上に、茶色いカラメルが乗ってるだろ？　でも、作るときは、最後に乗せるんじゃなくて、型の底に、最初にカラメルを流し込んでから、それからクリームを入れる。型を逆さまにして外して皿に盛って初めて、カラメルが一番上に来る。逆さにして開けてみるまで、上手《うま》くいったかどうかわからない。だから、逆さまのクリーム」

「ああ、なるほど……」

最初に型に流し込んだカラメルがてっぺんに現れるように、ずっと昔、遠くのどこかで回った小さな歯車が僕をここに立たせている。そしてその僕も、ずっと遠くの未来の誰かを、その場所に立たせてる。

そして、上手く行ったかどうかは、開けてみるまでわからない。

そう考えると、不安なような、でも心強いような、不思議な気分になってくる。

結局、両親はうちで二泊だけして、「では、クリスマスに会いましょう！」と、再びスペインだかどこかに旅立っていった。忙しい人たちだよ、まったく。

あかねさんからはときどきメールが届く。「ねえ、ひな壇《だん》に座ってて周りの芸人さんが立ったときって、あたしも立つべき？」とか、「グルメロケ、衝撃《しょうげき》の事実。デブタレのあの人って、ホントは小食！」とか他愛ないものだけど、どうやらグラビアアイドルとしてのあかねさんは仕事を減らして、徐々にフェイドアウトを狙《ねら》ってるみたい。本業、っていうのはソサエティの統括官《とうかつかん》だけど、そっちがやたら忙しいんだって。

あ、そういえば三谷《みたに》選手は、結局あの試合を最後に所属していた球団を去った。でも世間が思っていたように、解説者になったり、コーチになったりするのではなくて、どういうわけか四国の独立リーグに選手として入団した。給料は今までの三十分の一以下になるらしくて、あかねさんからは「やっぱ、ワケわかんないよー」と笑顔の絵文字つきのメールが来た。スポーツニュースの特集で見たけど、今でも毎晩、千回の素振りは欠かさないらしい。

冬の太陽はあっという間に落ちる。僕が家につく頃には、もう世界は薄い紫色に染まっている。

玄関の鍵《かぎ》を開ける。

「ただいまー」

こう言うのは、新しく身についた習慣だ。そこに誰かがいたって、いなくたって、言う。

キッチンで冷蔵庫を開けて、しばらく考え込む。今日はなにを作るかな。

僕は父さんと同じ、お菓子作りの道を真剣に考え始めていた。だから一日ひとつはなにかを作るようにしている。毎日毎日毎日。これも新しい習慣だ。何年も続けてたら、なにか見つかるかもしれない。

がちゃり、と音がして玄関が開いた。きっとちはるだろう。ここでおやつを食べるのが、彼女の新しい習慣。

「あ、こーちゃん、おかえり」

ちはるが笑顔で言う。

「師匠《ししょう》、おかえりなさいですー」

ちはるの後ろから顔を出したノアちゃんも笑顔で言った。

「今日のおやつは、なんですかー!」

目をきらきらさせて、にこにこしながら。

僕も笑いながらもう一度、二人の顔を見て言う。

「ただいま」

あとがき——、というか、感謝のことば

改めまして、初めまして。波乃歌《なみのうた》です。

この作品は、第17回電撃大賞において、大賞も金賞も銀賞も受賞することもなく、最終選考に残って物議を醸《かも》すことすらなく四次選考で落選し、雨に濡《ぬ》れて震える迷子犬となっていたところを偶然《ぐうぜん》に拾い上げられ、出版に至ったものです。世の中って、なにがどうなってこうなるのか、ホントわかりませんよね、というのがこの物語のテーマのひとつですが、いざ自分がその中に投げ込まれてみると、というか、投げ込まれていたことを改めて発見すると、ただただ、神様とか天国のおばあちゃんとか今まで親切にしてくれた人とかに手を合わせることしかできません。

というわけで、月並みではありますが、以下、謝辞を。

びしょびしょでどろどろでごわごわだった迷子犬を、素適《すてき》なイラストで可愛《かわい》い仔犬にしてくださったpun2さま。ラフ段階から頂《いただ》いたイラストのどれもこれもが素晴らしく、編集部から送られてくるたびに、わたくし、モニターの前で小一時間にまにまとしておりました。

編集担当の湯澤《ゆざわ》さま、清瀬《きよせ》さま。三歩進んでときには五歩も六歩も下がってしまう改稿《かいこう》作業にもいやな顔一つ見せずつき合って下さった聖人のような穏やかさと、盆暮れ正月クリスマス、いついかなる祝日も仕事に驀進《ばくしん》するガッツには頭が下がりっぱなしです。クリスマスと正月に、ふっつーの声で電話が掛かってきたときは、マジ、ビビりました。こういう人と一緒に仕事をしていると、死んでも手なんぞ抜けません。

プロ根性を見せて下さった校閲《こうえつ》の方、無冠で無名の新人を売り込んで下さった営業の方、不眠不休の印刷所の方、重ーい本を運ぶ配送の方、わが子同然に本を扱《あつか》う書店のみなさま。ただひたすら、感謝です。

そしてなによりも、いまこのあとがきをご覧《らん》になっているあなた。貴重なお金と時間を使っていただいたあなたに、最大限の感謝を送ります。

この物語が、あなたを通して、いつかどこかの誰かを回す、小さな歯車たり得ることを祈りつつ。

二〇一一年　五月　連休明けの晴れた朝に

本書に対するご意見、ご感想をお寄せください。

■

あて先

〒102-8584 東京都千代田区富士見1-8-19
アスキー・メディアワークス電撃文庫編集部
「波乃 歌先生」係
「pun2先生」係

■

電撃文庫

回《まわ》る回《まわ》る運命《うんめい》の輪《わ》回《まわ》る

―僕《ぼく》と新米運命工作員《しんまいうんめいこうさくいん》―

波乃《なみの》 歌《うた》

発　行　二〇一一年七月十日　初版発行

発行者　高野　潔

発行所　株式会社アスキー・メディアワークス
〒一〇二-八五八四 東京都千代田区富士見一-八-十九
電話〇三-五二一六-八三九九（編集）

発売元　株式会社角川グループパブリッシング
〒一〇二-八一七七 東京都千代田区富士見二-十三-三
電話〇三-三二三八-八六〇五（営業）

装丁者　荻窪裕司（META＋MANIERA）

印刷・製本　旭印刷株式会社

ISBN978-4-04-870689-6 C0193

電撃文庫創刊に際して

文庫は、我が国にとどまらず、世界の書籍の流れのなかで〝小さな巨人〟としての地位を築いてきた。古今東西の名著を、廉価で手に入りやすい形で提供してきたからこそ、人は文庫を自分の師として、また青春の想い出として、語りついできたのである。

その源を、文化的にはドイツのレクラム文庫に求めるにせよ、規模の上でイギリスのペンギンブックスに求めるにせよ、いま文庫は知識人の層の多様化に従って、ますますその意義を大きくしていると言ってよい。

文庫出版の意味するものは、激動の現代のみならず将来にわたって、大きくなることはあっても、小さくなることはないだろう。

「電撃文庫」は、そのように多様化した対象に応え、歴史に耐えうる作品を収録するのはもちろん、新しい世紀を迎えるにあたって、既成の枠をこえる新鮮で強烈なアイ・オープナーたりたい。

その特異さ故に、この存在は、かつて文庫がはじめて出版世界に登場したときと、同じ戸惑いを読書人に与えるかもしれない。

しかし、〈Changing Times,Changing Publishing〉時代は変わって、出版も変わる。時を重ねるなかで、精神の糧として、心の一隅を占めるものとして、次なる文化の担い手の若者たちに確かな評価を得られると信じて、ここに「電撃文庫」を出版する。

1993年6月10日
角川歴彦

電撃文庫

回る回る運命の輪回る ―僕と新米運命工作員―

波乃 歌
イラスト／pun2

ISBN978-4-04-870689-6

自分が運命を狂わす《イレギュラ》だと告げられた野島浩平。浩平を無力化するためやってきた美少女工作員・ノアだが、なぜか『弟子』になると言い出して、家に居ついてしまい……？

な-15-1　2164

官能小説を書く女の子はキライですか？

辰川光彦
イラスト／七

ISBN978-4-04-868766-9

氷川月は俺の幼馴染み。まさに大和撫子といった女の子。でも久々に会った彼女は俺にお尻触らせたり風呂にスク水で乱入したりと、どうやら事情《ひめごと》があるようで……？

た-24-1　1988

官能小説を書く女の子はキライですか？②

辰川光彦
イラスト／七

ISBN978-4-04-870059-7

突如現われた天真爛漫な中学生・ひみこはえっちな同人作家だった!?　しかも月と真一の事情《ひめごと》に気がついてしまい……？　好評のギリギリひめごとラブコメ第二弾！

た-24-2　2038

官能小説を書く女の子はキライですか？③

辰川光彦
イラスト／七

ISBN978-4-04-870377-2

藍川に男装の秘密を話そうと決めた月と真一。二人は「賭け」の条件を出した月の父親を説得するべく、帰省するのだが――故郷は海辺の町ということもあり!?

た-24-3　2100

官能小説を書く女の子はキライですか？④

辰川光彦
イラスト／七

ISBN978-4-04-870593-6

藍川という味方を得て、新学期に臨む月と真一にいきなり苦難到来！　ひみこの親友の少女・真琴が月にラブレターを渡してきて……？　コスプレも満載の第4弾!!

た-24-4　2154

電撃文庫

狼と香辛料

支倉凍砂
イラスト／文倉十

ISBN4-8402-3302-0

行商人ロレンスが荷馬車の荷台で見つけたのは、自らを豊穣の神ホロと名乗る、狼の耳と尻尾を有した美しい少女だった。第12回電撃小説大賞〈銀賞〉受賞作！

は-8-1　1215

狼と香辛料Ⅱ

支倉凍砂
イラスト／文倉十

ISBN4-8402-3451-5

異教徒の地への玄関口、北の教会都市で大商いを仕掛けたロレンスだったが、思いもかけぬ謀略に嵌ってしまう。賢狼ホロでも解決策は見つからず絶体絶命に!?

は-8-2　1278

狼と香辛料Ⅲ

支倉凍砂
イラスト／文倉十

ISBN4-8402-3588-0

異教の祭りで賑わう町クメルスンを訪れたロレンスとホロ。そこで一人の若い商人アマーティと出会う。彼はホロに一目惚れし、それが大騒動の発端となった。

は-8-3　1334

狼と香辛料Ⅳ

支倉凍砂
イラスト／文倉十

ISBN978-4-8402-3723-9

ホロの故郷ヨイツの情報を集めるため、田舎町テレオを訪れたロレンスとホロ。情報を知る司祭がいるはずの教会で二人が出会ったのは無愛想な少女で……!?

は-8-4　1390

狼と香辛料Ⅴ

支倉凍砂
イラスト／文倉十

ISBN978-4-8402-3933-2

ホロの伝承が残る町レノス。ホロはのんびりヨイツの情報を探したがるが、ロレンスは商売への好奇心を拭えないでいた。そんな時、ロレンスに大きな儲け話が舞い込む。

は-8-5　1468

電撃文庫

狼と香辛料Ⅵ

支倉凍砂
イラスト／文倉十

ISBN978-4-8402-4114-4

ヨイツまで共に旅を続けることを決めたホロとロレンス。二人はエーブを追って船で川を下る。途中、ロレンスは厄介ごとに巻き込まれた少年を助けることになるのだが……？

は-8-6　1519

狼と香辛料Ⅶ Side Colors

支倉凍砂
イラスト／文倉十

ISBN978-4-8402-4169-4

ロレンスと出会う前のホロの旅や、港町パッツィオでの二人の買い物風景、そしてホロを看病するロレンスなど、〝色〟をキーワードに綴られる、珠玉の短編集。

は-8-7　1553

狼と香辛料Ⅷ 対立の町〈上〉

支倉凍砂
イラスト／文倉十

ISBN978-4-04-867068-5

「狼の骨」の情報を得るため、ロレンスたちは港町ケルーベでエーブを待ち伏せる。だがそこは、貿易の中心である三角洲を挟んで、北と南が対立している町だった！

は-8-8　1587

狼と香辛料Ⅸ 対立の町〈下〉

支倉凍砂
イラスト／文倉十

ISBN978-4-04-867210-8

伝説の海獣イッカクの横取りを狙う女商人エーブは、ローエン商業組合を抜けて自分のもとへ来るようロレンスを誘う。エーブの誘いにロレンスの出した答えは……!?

は-8-9　1644

狼と香辛料Ⅹ

支倉凍砂
イラスト／文倉十

ISBN978-4-04-867522-2

狼の骨を追ってロレンスたちが次に目指すのは、海を渡ったウィンフィール王国にある、ブロンデル大修道院。そこには「黄金の羊伝説」があって……!?

は-8-10　1721

狼と香辛料XI Side Colors II
支倉凍砂
イラスト／文倉十
ISBN978-4-04-867809-4

“色”をテーマに綴られる短編集第2弾。ホロとロレンスの旅の途中の物語2編のほか、元貴族の女商人・エーブの過去を描く書き下ろし中編『黒狼の揺り籠』を収録。

は-8-11 1758

狼と香辛料XII
支倉凍砂
イラスト／文倉十
ISBN978-4-04-867933-6

北の大地の地図を手に入れるため、ホロとロレンスはハスキンズの紹介で褐色の肌の美しき銀細工師のもとを訪れることになる。新感覚ファンタジー最新刊！

は-8-12 1802

狼と香辛料XIII Side Colors III
支倉凍砂
イラスト／文倉十
ISBN978-4-04-868140-7

リュビンハイゲンでの金密輸騒動のあと、ノーラは羊飼いをやめて旅をしていた。書き下ろし中編「羊飼いと黒い騎士」ほか、3編を収録した短編集第3弾！

は-8-13 1850

狼と香辛料XIV
支倉凍砂
イラスト／文倉十
ISBN978-4-04-868326-5

ついに北の地図を手に入れたロレンス。これでホロと一緒にヨイツまで行けると思った矢先、港町レノスでそうも行かない事情に直面してしまい!?

は-8-14 1900

狼と香辛料XV 太陽の金貨〈上〉
支倉凍砂
イラスト／文倉十
ISBN978-4-04-868829-1

ホロとロレンスは、ホロの仲間の名を冠するミューリ傭兵団に会うため、デバウ商会のある町レスコへ向かうことに。ヨイツを目指す二人の旅は、いよいよ最終章へ突入!!

は-8-15 2002

電撃文庫

狼と香辛料XVI 太陽の金貨〈下〉

支倉凍砂
イラスト／文倉 十

ISBN978-4-04-870265-2

レスコでホロと共に店を持つことに決めたロレンス。しかし、デバウ商会の内部分裂による大きな事件に巻き込まれてしまい!? 新感覚ファンタジー、本編感動の最終章！

は-8-16 2084

狼と香辛料XVII Epilogue

支倉凍砂
イラスト／文倉 十

ISBN978-4-04-870658-8

太陽の金貨事件から数年。ホロとロレンスは、幸せであり続ける物語を紡ぐことが出来たのか。本編最終章の後日譚を描く書き下ろし中編ほか3編を収録した最終巻！

は-8-17 2152

トカゲの王I —SDC、覚醒—

入間人間
イラスト／ブリキ

ISBN978-4-04-870686-5

俺はこんな所で終わる人間じゃない。『普通』の人生から逸脱した、選ばれし者なんだ。『リペイント』と名付けたこの能力で、俺は眼前に立ちはだかる不気味な殺し屋たちから、必ず逃げ延びてやる。

い-9-22 2156

魔法科高校の劣等生① 入学編〈上〉

佐島 勤
イラスト／石田可奈

ISBN978-4-04-870597-4

累計3000万PVのWEB小説が電撃文庫で登場！ 全てを達観した兄と、彼に密かに想いを寄せる妹。二人が魔法科高校に入学したときから、その波乱の日々は幕開いた。

さ-14-1 2157

ふらぐ・ぶれいかぁ ～フラグが立ったら折りましょう～

黒宮竜之介
イラスト／はりかも

ISBN978-4-04-870591-2

「リア充、全滅しろ！」VS「非モテ、ひがむな！」。恋愛フラグを立てまくる〝伝説の木〟を巡って火花を散らす2人の美少女とヘタレ男子によるフラグ粉砕型ラブコメ、開幕！

く-8-1 2163

電撃文庫

ロウきゅーぶ！

蒼山サグ
イラスト／てぃんくる

ISBN978-4-04-867520-8

ロリコン疑惑で部活を失ったのに、なぜか気づけば小学校女子バスケ部コーチに!? 少女たちに翻弄されるも昴はついに――。
第15回電撃小説大賞〈銀賞〉受賞作！

あ-28-1　1719

ロウきゅーぶ！②

蒼山サグ
イラスト／てぃんくる

ISBN978-4-04-867842-1

少女たち五人のさらなる成長を目指し、小学校内で合宿を行うことになった昴。解決しなくちゃいけない問題は山積み、色々な意味での問題も山積みで――!?

あ-28-2　1774

ロウきゅーぶ！③

蒼山サグ
イラスト／てぃんくる

ISBN978-4-04-868076-9

プール開き目前な本格的な夏到来。泳げない愛莉のため＆センターとしての精神的成長を促すためにも昴は文字通り一肌脱ぐのだが、そこに忍び寄る女の影が――!?

あ-28-3　1840

ロウきゅーぶ！④

蒼山サグ
イラスト／てぃんくる

ISBN978-4-04-868329-6

初となる他校の女子バスケ部との試合にわくわくの智花たち。だが、着いた先の強豪校からの扱いはひどく、野外キャンプな上、大事な秘密までバラされて――!?

あ-28-4　1897

ロウきゅーぶ！⑤

蒼山サグ
イラスト／てぃんくる

ISBN978-4-04-868598-6

夏といえば海。海といえば水着。真帆の別荘で行われる強化合宿は、夏休みということで智花たちバスケ部もやる気満々なのだが、一人ひなたが落ち込み気味で――。

あ-28-5　1958

電撃文庫

ロウきゅーぶ！⑥

蒼山サグ
イラスト／てぃんくる

ISBN978-4-04-868924-3

みんなと楽しみたくて智花が誘った花火大会。女バスの面々も浴衣でにこにこから一転、波乱づくめの夏祭りへと——。話題のエピソードも収録した短編集登場！

あ-28-6　2021

ロウきゅーぶ！⑦

蒼山サグ
イラスト／てぃんくる

ISBN978-4-04-870273-7

夏休みもそろそろ終盤。最後の想い出に同好会との合同試合を目論む昴たちだが、愛莉の兄妹の仲違いや過去の因縁との勝負など、すんなり進むはずもなくて——。

あ-28-7　2081

ロウきゅーぶ！⑧

蒼山サグ
イラスト／てぃんくる

ISBN978-4-04-870592-9

二学期が始まり、近づいてくるのは智花の誕生日。智花への日頃の感謝も込めて抱える想いを伝えようとする昴なのだが、新学期ゆえか立ちはだかる壁も盛りだくさんで——。

あ-28-8　2153

青春ラリアット!!

蝉川タカマル
イラスト／すみ兵

ISBN978-4-04-870238-6

出てくる連中バカばっか。破壊力抜群の、一直線に疾走する青春コメディ!!　電撃文庫では異色か？　と評されるも、堂々の第17回電撃小説大賞〈金賞〉受賞!!

せ-3-1　2077

青春ラリアット!!②

蝉川タカマル
イラスト／すみ兵

ISBN978-4-04-870553-0

竜巻少女、長瀬と勝手に相棒にされてしまった宮本が、またまた嵐を巻き起こす！話題沸騰の異色すぎる青春コメディ、2巻目も出るぞコノヤローッ！

せ-3-2　2165